U0000435

GOBOOKS
& SITAK
GROUP©

GOBOOKS
& SITAK
GROUP©

三日月書版

三日月書版

面從腹背
肆
雪翼 著
火螢 繪
輕世代
FW368
三日月書版
3

開什麼玩笑，那可是我美若天仙
黃金比例人間至寶（下略萬字）的身體啊！
東湛
家喻戶曉的超人氣偶像。
愛逞強的膽小自戀狂，其實心很軟。
CHARACTER FILE

陰陽違法
以觸犯《陰間律法》
第三百十一條毀損公物的罪名將你逮捕。
上官中灼
陰間刑務警備隊第三分隊隊長。
面無表情，做事一板一眼的認真公務員。

我們在陽世都是犯下罪孽的人，
阿徹一定也很痛苦……
墨久亦
陰間刑務警備隊第三分隊隊員。
墨氏雙胞胎的哥哥。
成熟穩重，孤獨一匹狼。
CHARACTER FILE

說什麼啊亦哥，
我不是一直在你身邊嗎？
墨良徹
陰間刑務警備隊第三分隊隊員。
墨氏雙胞胎的弟弟。
熱情爽朗，最喜歡哥哥。
CHARACTER FILE

めんじゅう　ふくはい

陽奉陰違

面従腹背

DUPLICITY IN THE HELL

MENJUUFUKUHAI

【DUPLICITY IN THE HELL】

CONTENTS

めんじゅう　ふくはい

陽奉陰違

第一章

訓練

MENJUUFUKUHAI

東湛舒服地微瞇雙眼，他的臉頰被從窗戶射進來的陽光晒得微微透紅。

陰間的太陽雖與陽世同樣散發著耀眼的金色光輝，持續發光發熱，但熱度卻不如它顯眼的程度那般炙人，給予陰間萬物的僅僅是溫暖心靈的感覺。

這裡與陽世對於陰間的刻板印象截然不同。

這裡雖然是給鬼居住的場所，但與烏雲罩頂、血流成河、死氣沉沉這些形容簡直是大相逕庭，東湛甚至在此意外感受到了人的「溫度」。

這裡是為了要使鬼魂忘卻生前的記憶，也忘記死亡時的痛苦回憶，為了使其有安身之所，而塑造出的世界。

現在是早晨時分。

儘管陰間有日出日落，但對久居於此的居民來說，並不會特別意識此事。

另一方面，對才剛在陰間定居的東湛來說，他能感受到拂曉時候帶著些許熱度的日光，夜半三更時寒氣的冷冽等等溫度細微的不同。

不過也僅止於此，畢竟這裡沒有什麼氣候的變化，簡而言之這裡不存在四季。

正式上工的第一天，東湛很早就起來，打開衣櫃換上警備隊制服。

雖然已經穿過幾次了，但他很珍惜這套得來不易的制服，不論穿過多少次，對他而言這套制服都如同全新一般閃閃發亮。

根據警備隊隊員可以依照個人喜好加工制服的慣習，東湛也在自己的制服上玩了點小花樣。

他在袖口繡上了一道金邊，披上了裝飾用圍巾又戴上了項鍊，感覺自己帥氣的程度更加提升了。

「我真是太帥了。」

東湛再一次看著鏡中穿上制服的身影，讚嘆這無與倫比的美貌。

他摸了摸上衣口袋，發現裡面有一顆魂玉。

「啊，這是上官申灼放的吧。說是每個隊員都有的配備，方便出任務時可以移動自如。」

東湛並不知道魂玉是如何生成的，也始終抓不到詢問的時機。

他轉念一想，反正來日方長，他總不會這麼輕易就被開除吧，往後多得是弄清楚的機會。

畢竟他在警備隊可是什麼都還沒做呢，像自己這種注定會大有一番作為的人，主角光環是永遠不可能遠離他東湛的。

「如果上官申灼能當我室友就好了。一個人睡又一個人醒來，不知怎麼有些寂寞啊。」

他出門前再看了眼幾乎沒有擺設的房間，嘆了口氣惋惜道。

要說這宿舍有什麼優點，便是宿舍和刑務警備隊第三分隊的辦公處是相連的，只要走過長長的廊道，很快便可以抵達辦公的地方。

辦公室座位是以兩兩相對的形式並排，搭檔會被安排坐在一起，東湛的辦公桌就在上官申灼對面。

檀和上官申灼已經坐在自己位置上辦公了，至於墨氏兄弟倆不知道跑哪去，茜草到目前為止也還不見人影。

但即便人不在，光看辦公桌就能猜出那個座位的主人是誰。

上官申灼習慣將所有東西都整理得一絲不苟，桌面上的文件都被他分門別類放得整整齊齊。

檀的周圍很空曠，資料全都輸進了電腦這種陽世很常見的高科技工具裡，桌子旁還有座大木櫃，不知道裡面放了些什麼。

至於茜草都是放些看起來很高級的物品，例如一整套塘瓷茶具，還有看起來就價格不斐的棋具，隔板上也掛著許多華麗的裝飾。

兄弟檔也是個人風格強烈，弟弟的座位堆得都是各種便利速食包，而哥哥的則放著主題是《如何不讓孩子吃垃圾食物》的陽世健康專刊。

沒有多久，墨氏兄弟來了。

哥哥墨久亦帶著好看又拘謹的笑容，向大家道聲早；弟弟墨良徹則點個頭示意，一坐上椅子便拉開抽屜，看看有沒有什麼零食能解饞。

茜草則姍姍來遲，而且開門的時候依然毫不留情再次破壞了門板，好似一天不把門給拆了就不罷休。

「為什麼沒有獨立的個人空間，門還又壞了，我什麼時候才能脫離這鬼地方啊？」

茜草一屁股坐上座位時，忍不住一如往常地抱怨。

「陰間有哪裡不是『鬼地方』，想要升職請先努力工作。」

搭檔的檀頭也不抬，習以為常地吐槽。

墨良徹皺起眉頭指出，「你遲到了。」

「哼，要是前世的我，才不需要忍耐這麼多不公平的事情！」茜草不以為然。

「公平就是建立在不公平之上。」上官申灼理所當然地回應，「世界上沒有真正的公平。」

「茜草還記得前世的事嗎？」東湛好奇問道。

「不記得。」茜草老實回答，隨後話鋒一轉，「但看看現在的我，我前世應該是個出自名門的貴族，八九不離十啦！」

瞧茜草說得一臉篤定的樣子，墨良徹只是不齒地訕笑。

「就跟泡麵的包裝袋一樣，內容跟外表不符，僅供參考用的。」

「阿徹，速食吃多了不好。雖然我們不需要像在陽世那樣，時時刻刻都要注意營養均衡，但垃圾食物吃多了就會變成垃圾，智商也會隨之降低。你看，這篇文章是這麼寫的。」

墨久亦翻開健康專刊的其中一頁，上頭印著聳動的斗大標題。

「亦哥，這些健康專刊還不都是騙錢的。你看，旁邊還寫著有機食品的購買連結。」

墨良徹一臉嫌棄，轉身拉開另一格抽屜翻找零食，這才驚覺大事不妙。

「我上次去陽世買的那些進口泡麵呢，怎麼全沒了？」

「阿徹，你冷靜一點聽我說……」

「亦哥，你想說的不會是我猜的那些話吧！」

墨良徹呆滯地看著哥哥，像是受到了沉重的打擊。

「對不起，我全丟掉了。」

一秒後，墨久亦證實弟弟心中所想。

「阿徹，你什麼時候跑去陽世？」

上官申灼面無表情地抬起頭。

身為第三分隊隊長，隊員在外不應有他不知情的行動。

「我們只有必要時才能去陽世，除此之外想要上去的話必須申請。」

「這個，就是上次嘛……」

墨良徹一頓，面有難色的支吾其詞，心虛的表情已經出賣他的心聲了。

「上次是哪一次。」

上官申灼雲淡風輕地詢問，但嚴厲的神情顯然是不打破砂鍋問到底絕不放

過，讓墨良徹更是慌了手腳

東湛見狀覺得有些好笑，心想這樣的辦公室日常在將來會成為每天的生活樂趣也是挺不錯的。

經歷了之前墨氏兄弟一事，他不禁開始好奇，第三分隊的其他人又是渡過了怎樣的前世才會來到這裡的。

還有他自己又是為什麼來到這裡。

因為各種陰錯陽差他沒有被消除前世的記憶，但至今依然想不起來自己的死因。

「話說，你們忘記今天是什麼日子了嗎！」

茜草忽然一臉凝重，倏地壓低聲音說道。

「對刑務警備隊而言，每天都是上班的日子。」檀接話。

「終於又來到每年訓練課程的時候了。」

茜草顯得心焦，拿著茶杯的手抖個不停。

「不知道上層的人又會出什麼花招，不要老是玩弄部下啦！」

「訓練課程？」

東湛是新人，不知道也是正常的。

「一年會有三次警備隊的訓練課程。」上官申灼接著回答，「通常是三隊聯合受訓，結訓後會有人事評比。」

……這個訓練課程，怎麼聽起來有些不妙？

「哈哈，是喔。」

東湛越想裝做漫不經心，語氣越是不自然，「那個訓練課程很難嗎？」

「不是一般的難，」墨良徹也加入話題，「而是難爆了！」

就連墨良徹都這麼說，實際上現場會是怎樣的慘狀？東湛壓根無法想像。

「喔對了，」檀忽然想到什麼，柔聲提醒，「訓練課程中斷手斷腳是常有的事，你不要擔心過度唷。」

「……這聽起來超糟糕的好不好！」

東湛陷入震驚的情緒，更讓他驚訝的是檀一臉雲淡風輕地提及此事。

「會有醫療救護組的人支援，」墨久亦補充，「他們對修補殘缺的肢體一向得心應手。」

「不是這樣吧！」

現在東湛只想逃到某個沒人認識他的地方避難。

精神跟靈魂一下子受到雙重打擊，讓他頓時有些反胃。

他滿腦子只想找藉口出去好好冷靜一番，這時眼角餘光剛好瞥見從椅子上起身的上官申灼。

「上官申灼，你要去哪裡？」

上官申灼顯然對搭檔突如其來的熱情口吻感到很是困惑，「我要去送公文……」

「我幫你送吧，要送去哪裡！」東湛極力舉薦自己。

「這份送去第一分隊，這份則是第二分隊，別搞混了。」

上官申灼拿出兩個褐色的牛皮紙信封，東湛幾乎是用搶的一把接過來。

「我去去就回！」

「你知道第一分隊跟第二分隊辦公處的位置嗎？」

東湛被這麼一問，不禁停下來思索了片刻，他的確是不知道路。

「路是長在嘴上的，如果迷路抓個人問路就好，那我先走囉！」

他隨即找到個理由搪塞，轉過身匆匆離去，但在準備踏出門的瞬間，隨即被門檻狠狠絆了一跤。

總是搖搖欲墜的辦公處招牌，在這波震動果不其然猛地一晃又掉了下來，擊中原本只是踉蹌的東湛，害得他直直四肢著地。

但他只是裝作若無其事，摸摸鼻子站起身來離去。

好不容易正式上工了，這是第一個任務，他東湛非要完成不可！

「看吧，我就說門要換了。」茜草冷冷地補上一句。

檀選擇無視。

沿路上問了幾個路人，東湛決定先到比較近的第二分隊。

第二分隊的辦公處位在中央街道上，這一帶都是現代化的商業辦公大樓。

他進入其中一棟大樓搭乘電梯，然而本該往上的電梯卻急速向下墜落。

「啊啊啊！」

東湛驚慌失措地貼緊牆面，等待那股讓人發毛的失速感褪去。

伴隨他慘烈的尖叫後，電梯總算停住了。

門一打開，映入眼簾的是條漆黑的隧道，前方隱約有抹光亮在閃爍著。

東湛遲疑地向前行，在隧道盡頭處是日式風格的小橋流水庭園造景，走過橫跨池塘的小橋後，便來到了第二分隊的辦公處。

才一打開門，就看到一個疑似是人類的黑色物體垂掛在梁柱下，一動也不動。

東湛仔細一看，對方是第二分隊的隊員靛青，不知被誰五花大綁吊在半空中。

「別過去，小心腳下。」

東湛想靠近，卻被正盯著電腦螢幕的赫由突然出聲阻攔。

「陷阱？」

他聞言嚇了一跳，這才發現地面竟布滿了各式各樣的陷阱，靛青顯然是中招了。

「是慎夏布的，他老是認為我們這些陌生人總有一天會對他出手，所以決定先發制人。」

慎夏？那個有臉盲症的隊員？那還真是難為他了。

「對了，我家隊長要我送公文來。」東湛沒忘記本來的任務，「奧斯陸隊長呢？」

「他本人堅稱現在不在辦公處。」

赫由抬頭看了東湛一眼，然後又趕緊低下。

嗯？看來似乎有什麼蹊蹺。

目前只有赫由跟靛青這對搭檔在辦公處，其他隊員們現在都不在座位上。

正當東湛打算把公文放到奧斯陸隊長桌上就閃人時，有個人踩著怒氣沖沖的腳步而來，然後隨著粗魯的開門聲，錦葵拎著一個鳥籠出現在眾人面前。

「奧斯陸隊長呢？」錦葵遲了幾秒才注意到東湛，「你怎麼會在這裡？」

「我是跑腿送公文的……」

「算了，不重要。」錦葵很快地打斷，「赫由，那該死的西方人不在嗎！」

「不要問我啊……」

從剛才開始，赫由的表情就很是心虛，連帶眼神也閃爍不止，手指飛快地在鍵盤上舞動，似乎是想掩飾焦慮。

「身為情報通的你，不可能沒有掌握到其他人的行蹤吧！」

「我是情報通，不是跟蹤狂好嗎。」赫由對錦葵的說法不甚苟同。

「那我問你，現在慎夏人在哪裡，在做什麼？」錦葵接著提問。

「慎夏應該在巡邏完回來的途中，那附近最近新開了一家甜點店，或許會在那裡逗留個三十分鐘吧。」

赫由沒有多加思索就說出推論。

錦葵拿出八卦小銅鏡通話器聯絡慎夏。

「慎夏，你現在在哪裡、在做什麼，給我一五一十從實招來！」

「我已經巡邏完了，現在在一家新開幕的甜點店排隊，你可千萬不要告訴怜央……話說，你是誰啊？」

慎夏還沒說完錦葵就切斷了通訊。

赫由只是傻笑了兩聲，然後再度埋首於工作中，努力營造自己是個工作狂的假象。

東湛覺得有些好奇，「錦葵，你為什麼要找奧斯陸隊長？」

「原因就是這個！」

錦葵將從剛才就一直拎著的鳥籠放到辦公桌上。

精緻的金屬鳥籠裡有隻看起來是大型鳥類，模樣十分可愛的鳥。

「讓這麼大隻的鳥待在那麼小的鳥籠，未免太可憐了吧。」

「原本不是這樣的。」錦葵光是想到就憤慨地咬牙切齒。

「陽世不是有種叫白文的鳥嗎？牠原本就大概那樣的體型而已。」

「可是這怎麼看都不像吧……」

鳥籠中的鳥有著一身黝黑而柔順的羽毛，眼睛大大的十分可愛，但體型卻像是隻成年公雞，待在如此狹窄的籠子內完全無法伸展。

「問題就在這裡！」錦葵越發激動，「這已經不是我的了，根本就是奧斯陸隊長養的鳥了吧！奧斯陸隊長每天都讓多多吃超過牠食量的飼料，結果體型就硬生生又大了好幾號，託他的福我得又要換鳥籠了！」

不是阿公阿嬤養的，而是奧斯陸隊長養的嗎……

東湛默默看著眼前氣急敗壞的男子。

「我已經換三次鳥籠了，這次絕對要讓這傢伙滾回他老家！」

錦葵嘴裡仍咒罵個不停，急匆匆地又走了出去，還不慎撞到剛巡邏回來的怜央及慎夏。

怜央一臉疑惑，「他這是怎麼了？」

「誰知道呢，錦葵 boy 總是如此心浮氣躁。」

奧斯陸隊長好整以暇地從桌子底下現身。

想必赫由知道此事，才會從剛才便很是不自在。

「自己惹出的麻煩自己解決啦！」

赫由和東湛同時開口吐槽，然後不知為何極有默契地擊掌。

奧斯陸乾笑了數聲，默默再度鑽回桌子底下。

從第二分隊離開之後，東湛隨即馬不停蹄趕往第一分隊辦公處。

第一分隊辦公處相較另外兩隊很是偏遠，是在城外的郊區。

到達目的地時，東湛不禁一愣，沒想到第一分隊辦公處竟是蓋在峭壁之上，唯一的進出方式只有一根讓人攀爬用的繩子。

相較之下，自家第三分隊辦公處真的毫無特色可言，普通的讓人沒什麼印象，不過有時候平淡就是最幸福的事情啊！

東湛看著高聳的山壁在內心感嘆道。

他將繩子牢牢地綁在腰上，踩著峭壁往上攀爬。

原本他以為這可能是辦不到的任務，沒想到對現在的他而言輕鬆得很，爬到上崖頂時還一副游刃有餘的模樣。

東湛還沒進到辦公處裡，便先聽到了裡面談話的聲音，但內容毫無邏輯且讓人困惑不已。

「手痠了嗎？」

「還可以再撐一下⋯⋯」

「這邊要用點力，不需要我教你吧？」

「這不公平，憑什麼只有我……」

「遊戲就是這麼回事，輸的人必須接受懲罰。」這是茶荼的聲音。

「我們已經對你很仁慈了，你不是說你的持久力很好嗎？」遙日接著說。

這、這個難道是什麼不可言說的場面嗎？

可是在公共場合不太好吧！

「慢著，你們這樣是妨害風化啊——」

東湛連忙開門衝進辦公處，對上的卻是三人納悶的視線。

「啥？」

「呃，你們這是在？」東湛小心翼翼地起頭。

「緋彌跟我們打賭輸了，必須接受懲罰！」

茶荼端著茶杯，輕鬆地坐在椅子上。

眼見緋彌兩手掛在梁柱上，以危險的姿勢在半空中搖搖晃晃，而底下放了大水缸，有條看起來形狀很是詭異的魚正不斷繞著缸壁游動。

魚的嘴裡長滿了密密麻麻的利齒，讓人看了不寒而慄。

為了不要成為那條魚的大餐，緋彌拚死命也得撐住。

「腰要多用點力。」遙日在旁不時提出實質的建議。

這樣不對吧，這不就擺明了是「那個」嗎……他東湛第一次親眼見識到了。

他直直伸出食指指著兩人。

「你們這是職場霸凌，老鳥欺負新人的那一套！」

「緋彌比我們更早進入警備隊。」茶茶冷淡地回應道。

——那你們這兩個後輩倒是收斂一點啊！

「但霸凌還是霸凌啊，會出人命的。」

遙日看了過來，「但我們早就死了。」

「但是……」

正當東湛還想說些什麼時，天空忽然傳來一聲響亮又尖銳的警報聲。

「嗡——嗡——嗡——」

「怎麼回事，莫非有敵人入侵？」

自從來到陰間後，東湛從未聽過這樣的聲音。

「放心，新人。」

茶茶還是一副輕鬆的態度，彷彿對這情況早已司空見慣，而事實上也的確如此。

「這是警備隊訓練課程的召集通知。」

めんじゅう　ふくはい

陽奉陰違

第二章

障礙路跑

MENJUUFUKUHAI

眼下刑務警備隊的三隊隊員們，已經在一處開闊的土地集合完畢。

他們面前有一面呈現垂直角度，高聳入雲的峭壁。

壁面上設有塗著各種顏色，用以抓握的攀岩塊。

此刻出現在眾人面前的是道具租借室管理員的孟晗。

「不需要多說，這一堂訓練就是要你們爬到崖壁的頂端，無論用何種方法。」

孟晗還是老樣子，一身暗紅色調的唐裝，眉宇神情苛刻。

美其名說是課程，但其實更像臨時測驗，以此測試隊員們的素質。

「啊……第一關是攀岩啊？」

東湛順著那幾乎跟地面是垂直的山壁看去，無論如何眺望都無法看到頂端。

他猜想應該是利用各種顏色的攀岩塊攀爬，不過還是想問，「有沒有工具可用？」

「你可以利用手邊的任何工具，唯一的條件是，」孟晗彷彿一秒看穿東湛打的如意算盤，「不能向道具租借室租借任何物品。」

「……這也太不人道了吧。」東湛忍不住嘀咕，絲毫不介意當事人有沒有聽見，「你不會是嫌麻煩才這麼說的吧。」

「那些顏色代表什麼意思？」

墨良徹指的當然是分別塗有紅藍黑三種顏色的攀岩塊。

「觸碰到紅色的攀岩塊會感覺到如岩漿般的炙熱，藍色則是會感受到有如墜入冰窖般的酷寒。」

果然訓練課程不會讓人簡單通過。

「那黑色呢？」墨良徹再問。

「隨機。」孟晗答道，「可能會是觸碰紅色跟藍色時的痛苦，也可能會是其他意料之外的，全憑運氣。」

「那如果不使用那些攀岩塊，仍有辦法順利登頂的話呢？」

檀小心謹慎的語氣似乎別有含意。

「先前已經說過可以利用任何工具，但前提是必須要依循攀岩塊指示的路徑。」孟晗說。

「我懂了。」檀恍然大悟地點了點頭，「我們可以想盡辦法保護自己，但爬上去的方法只有一個，路也只有一條，沒錯吧？」

「沒錯，你理解得很快。」

孟晗以讚賞的眸光看了男孩一眼。

「也太複雜了吧，可以開始了嗎？」

東湛只是抓了抓頭，重點不就是要爬上去嗎？哪來那麼多旁門左道。

「隨時。」孟晗說完就退至一旁，「沒有時間限制。記住，在沒有辦法發揮出實力的時候，運氣就扮演了相當重要的角色。」

「這就是99％的實力加上1％的運氣啊！」

東湛打算先向第三分隊的隊員們討教，畢竟其他人參加這種艱難的課程不知幾百遍了，總有什麼訣竅可以分享吧。

不料身旁竟一個人都沒有，連第一分隊跟第二分隊的隊員也不見蹤影，全都早就出發了。

東湛抬起頭看著已到高處的隊員們，發現每個人用的方法都不太一樣。

檀使用一種具有黏性的植物，一步一步爬上去。

墨久亦則是利用箭矢鑿入崖壁，就這樣邊鑿邊移動，似乎在腦海中已經規劃出一幅完整的路線圖。

而弟弟墨良徹照著哥哥的路徑跟隨在後，他那把金屬扇甚至可以支撐他的體重，有好幾次踩空了腳，都是靠著它才能得救。

茜草則戴著一副前端裝有利刃的漆黑的手套，靠著它攀爬而上。

至於上官申灼完全沒有依靠任何工具，就只是老實地依照路徑前行。

他全都挑選黑色攀岩塊移動，而且看起來運氣其好很是順利。

「上官申灼這傢伙運氣未免也太好了吧！」

東湛看得瞠目結舌，又忍不住有些羨慕。

為什麼他都只碰到倒楣的事情，連到了陰間還是一樣。

「你還不行動嗎？」孟晗走了過來。

「我、我很緊張！」

「看得出來。」

「你為什麼認定沒有人有懼高症啊？」

東湛又看了一眼高聳的崖壁，心裡一陣惶惶然，就算沒有懼高症的人恐怕也忍受不了這種高度，更何況他有。

「恐懼在陰間是不必要的。」孟晗一臉平靜地說道，「看你是要自己爬上去，還是要我把你扔上去。」

「不勞您費心了，謝謝。」

東湛趕緊跨出第一步。

目光盡量壓平，不要往上看或往下看，就不會意識到高度，他安撫自己或許跟其他人一樣辦得到，這麼一想步伐也輕盈了起來。

有了自信後，他開始加快速度，逐漸追上其他人的腳步。

他還發現攀岩塊只有在發光的時候才會發動攻擊，只要避開發光的時間點，就能夠安然無恙地碰觸。

比較棘手的是三種顏色發光的頻率不一樣，無法依照差不多的頻率觸摸，必須要抓準時間。

彷彿是要證明他的運氣之壞，東湛在觸碰到紅色攀岩塊的那一瞬間，紅光便閃了起來，他馬上被燙個正著抽回手，以危險的姿勢搖搖欲墜地掛在半空。

他的目光也無法再保持水平，忍不住向下看去。

「好燙……咦？」

雖然「咦」了一聲，但卻絲毫沒有驚懼，反而還帶有點困惑。

他已經往上爬了一陣子，沒想到卻一點都不害怕。

彷彿他不過是離地幾公分，而不是此刻能看到遠方的建築物跟湖泊的高度。

他的懼高症似乎在不自覺間消失了。

東湛忽然覺得神清氣爽，心底的疑慮也一掃而空。

跟之前在墓地和餓鬼對峙時的感覺一樣，這已經不是原先自己的身體了，死後的他猶如脫胎換骨一般。

他繼續往更高的地方挑戰，運用觀察出來的訣竅小心地避開發光的攀岩塊，便再也沒有碰上其他突如其來的狀況。

在即將要登頂的那一小段，他甚至可以以跳躍的方式前進，也絲毫不覺得累。

雖然他是最後一個抵達終點的人，但感覺卻異常得好。

「你小子也太開心了吧？」墨良徹挑起眉。

「有志者事竟成。」墨久亦也說道。

這時東湛才發覺自己臉上掛著燦爛到不行的笑容，他就是個藏不住心事的人。

「看不出你還挺行的嘛，之前是不是都在隱藏實力？」茜草讚許地點點頭。

「原本還以為得要下去拉你一把呢。」檀的目光包含著訝異之情。

上官申灼只是看著東湛許久，嘴巴張了張，隨後轉念一想又閉上。

「你是不是想說什麼？」東湛歪著頭。

「……有這樣的實力是應該的，做為新人值得嘉許，但可別得意忘形了。」

「隊長，我敢說，你原本是不是想誇我！」

「你幹嘛？」

上官申灼一臉嫌棄地看著跑到自己面前，張開雙手作勢擁抱的東湛。

「既然隊長都這麼稱讚我了，愛的抱抱是只有你才有的特別獎勵喔！」

上官申灼明顯愣住了，臉上露出猶豫之情，似乎正在認真思考對方的話。

見狀東湛反而退縮了，他剛剛的調侃不過是開個玩笑打趣一下，藉此拉近彼此的距離，不料眼前的男子卻當真了。

「我只是開玩笑啦，你可千萬不要當真啊，啊哈哈。」

東湛以乾笑來掩飾尷尬。

「是嗎？」上官申灼只是從思索中回過神來，嘴角微勾，揚起眉輕聲說道，「那好，我也只是開玩笑的。」

「……」

沒想到這面無表情的隊長還會開玩笑，東湛一時之間不知道該回應些什麼，只覺得被對方耍了。

東湛有些難以適應這樣的上官申灼，他是不是無意間開啟對方的某個開關了？

「你們都爬到頂的話就下來吧，然後課程就算結束了！」

這時候下方傳來孟晗的聲音，明明沒使用任何擴音工具，聲音卻無比清晰的傳送到每個人耳中。

雖然還不能運用自如地使用現在的身體，但東湛已經掌握某部分的訣竅了，按照剛才的方法爬下去應該沒什麼問題……

他來到崖壁邊緣毫無畏懼地往下看去，卻發現攀岩塊不知何時被換了位置，而且發光頻率變得更加快速，難度顯然比上來時還要再往上提升不少。

「巜……」東湛不自覺地罵出聲來。

這是哪門子的訓練課程啊！

好不容易終於回到地面，東湛整個人狼狽不堪地倒在地上。

他艱難地抬頭看了一下天色，天空仍是明亮的，表示距離宵禁還有很長的時間。

陰間裡有名為「宵禁」這種如今根本不可能在陽世存在的嚴苛規定，這段時間就算是警備隊隊員也是禁止外出的。

宵禁期間會由宵犬代替警備隊堅守工作崗位，巡視陰間的各處角落。

「結、結束了嗎？」

「還沒呢。」墨良徹雙手環抱在胸前，回應東湛的問題，「訓練課程通常會有一整天，現在就想休息也太懶散了吧。」

「什麼？」東湛頓時猶如晴天霹靂一般，忍不住蜷縮起身子，「我來到這裡根本就是個錯誤！」

「欸欸，小花花……」

檀蹲下身，一臉興味盎然地看著兀自陷入打擊的東湛，伸出手戳了戳他的臉頰。

東湛撇過臉，沒想到對方並沒有放棄，反而戳個不停。

他終於忍不住起身怒吼，「讓我一個人靜靜不行嗎，我現在想要靜靜！」

檀睜著大眼，一臉無辜地看著激動不已的東湛，「我只是想要告訴你，第二堂課程要開始了。」

就在此時地形竟出現了變化，原先矗立在眾人面前的崖壁消失不見，取而代之的是數條筆直不知通往何方的跑道。

跑道共分為三條，都看不到盡頭的目的地。

「喵！」

伴隨著貓咪叫聲出場的是一隻體型巨大的貓咪，大貓上坐著一個小丑打扮的青年。

他腳步輕盈地從大貓背上翻身而下，揭開臉上的面具，底下竟有著與孟晗還有孟瀾同樣的臉孔。

「你是孟晗？還是小孟？」東湛被搞糊塗了，不過直覺告訴他，眼前這個青年散發出的氣場跟那兩人很明顯的不同。

那人將手擺在胸前，然後微微彎下腰，像是在向在場所有人致意，而後直起身子自我介紹。

「我是孟離，喵嗚馬戲團的團長，這堂課程將由我來為各位解說規則。」

「你不會又是孟氏一族的人吧？」東湛忍不住詢問。

「沒有錯，我是孟瀾的堂兄弟，也是孟氏一族的人。」

「……你們家族的基因未免也太強大了吧。」東湛冷不防地出聲吐槽。

「同個血脈的人容貌相似不是什麼稀奇的事情吧？」

「不不，這簡直是同個模子刻出來的。如果讓電腦分析的話，相似程度會高達百分之百啦！」

「好啦，如你們所見現在有三條賽道，無論是哪一條目的地都是相同的。之所以分為三條，是因為每一條的障礙會有所不同，但我相信警備隊的各位都能順利克服難關。」

孟離言歸正傳。

「是障礙賽跑嗎……」上穿申灼沉吟。

「根據往年的經驗，障礙賽跑的難度如何？」東湛趕緊追問。

上官申灼只是搖了搖頭，「以往沒有障礙賽跑。」

「什麼嘛……」東湛又再次覺得自己根本不該來這裡，倒不如乾脆點投胎去。

「既然分為三條賽道，不可能只是障礙不同，還有其他分別對吧？」

上官申灼冷靜地提問

「賓果，答對囉！」孟離揚起笑容，但臉上的笑靨看似有些深沉。

「這三條賽道有依難度分為初級、中級，以及難度最高的魔王級。連我自己也不知道各條賽道分別對應的是哪一級。」

「咦，什麼！」

只有東湛一個人詫異地高喊，其他人只是老神在在地站在一旁。

「你們都不會感到驚訝嗎？」

東湛對於只有自己大驚小怪感到不知所措。

「這是常有的事，」朱羽回答，「更何況驚愕並不會改變現狀。」

「哈哈哈，別擔心啦新人。早死晚死還是一樣都得死，以平常心看待會比較健康喔！」

第一分隊隊員的澄南活力充沛地說道，他一下子就恢復了上一堂課程消耗的體力。

「你就這麼肯定會選到魔王關？」墨良徹自信滿滿地說道，「憑我跟亦哥的運氣，我們兄弟檔一定會選到初級那條賽道！」

「還說呢，你自己還不是不想選到魔王級那條。」東湛無言以對。

墨良徹表情不耐地嘖了一聲。

「如果有初級的可以選，笨蛋才會選魔王級，對吧？亦哥。」

墨久亦認真地點頭附和。

「喔對了，」孟離忽然想起什麼，補充說明，「這堂訓練課程是要訓練搭檔之間的默契，所以搭檔必須跑同條賽道，各組決定好賽道後隨時可以出發。」

眨眼間，孟離已經乘著大貓離去。

緩步遠去的大貓姿態慵懶，毛茸茸的尾巴不時晃動輕輕拂過地面。

嘆。

「好想摸……」

身為警備隊裡唯二女性的伶央，目光緊緊追著大貓的身影，發出輕聲的感

「妳剛剛有說話嗎？」身為搭檔的慎夏覺得很是莫名地看了她一眼，然後追問，「對了，妳是誰啊？」

「是誰都不要緊，」伶央刻意清清喉嚨，然後板起面孔，「我們要出發了，快點跟上。」

「啊……好，等等我，別走那麼快啊！」

伶央跟慎夏這組搭檔進入了左邊的賽道，其他人也依序開始行動了。

「亦哥，決定好了嗎？」墨良徹忍不住催促道。

他看起來迫不急待地想要趕快出發，不想成為吊車尾的那組搭檔。

墨久亦在經過反覆謹慎思考之後仍拿不定主意，便搖了搖頭將選擇權拋給了弟弟。

「阿徹，你的運氣比我好，由你決定吧。」

「我明白了！」其實墨良徹心中早有定見，「右邊，亦哥我們就走右邊那條賽道吧！」

話還沒說完便興沖沖地牽起墨久亦的手，踏上右邊那條賽道。

不消多時，空地就只剩下東湛跟上官申灼這組搭檔。

「我們也趕快決定吧，可是該選擇哪一條才好呢？」東湛面對延展在眼前的三條賽道，猶疑不定，「哪一條才是簡單就可以快速通過的初級呢……」

三條賽道的道路本身外觀看似沒什麼不同，但從周圍環境還是可以感覺出些微的差別。

右邊的賽道溼氣比較重，沿路生長的草木沒有左邊賽道來得茂盛。

左邊賽道看起來明亮許多，空氣也較為清新，還能隱約聽到蟲鳴鳥啼。

至於中間的賽道可以說是綜合了左右兩邊的特色，隱約有浮塵飄浮其中但又不至於阻擋視野，靜下心來也能聽到小溪的淙淙流水聲。

當然這或許是障眼法，看似平靜的左邊賽道或許暗藏危險，看似危機四伏的右邊賽道也或許什麼事都不會發生，中間的賽道也可能發生想像不到的狀況……

「你想選哪一條？」上官申灼轉頭問他。

東湛嚇了一跳，他以為上官申灼會先做出決定。

「為什麼問我？你是我的搭檔又是第三分隊的隊長……」

「你是我的搭檔，我想重視你的意見。」

上官申灼的目光一眨也不眨地凝視著東湛。

「當然我可以像以往只遵循自己的想法，但我現在不再是一個人，必須重視作為搭檔的你。」

東湛的臉在瞬間紅透了。

從來沒有人如此重視過他，就算曾經身為當紅偶像也一樣，旁人只會看到他的身分，而不是真正他這個人的存在。

能夠遇見上官申灼，或許是他累積一生的運氣換來的。

「我想走中間那條賽道。」

東湛有預感選擇這條賽道不會讓自己後悔，他感覺能從中獲得些現在迫切需要，能夠引導他的那份力量。

「好，那我們走吧。」

這對落後別人好幾步的搭檔總算出發了。

「我我我我我我……後悔了啊！」

東湛以難堪的姿態快速奔跑逃命，同時閃過某種凶獸的攻擊。

「東湛，不要逃。」

上官申灼追在他身後，想要阻止他搭檔發狂似地逃命

「為什麼不要逃！」

東湛輕而易舉就避開凶獸接二連三的突襲，輕鬆的就宛如他不過是碰上一

場鬧劇。

要不是現在的他有著超強的移動能力，以及彷彿取之不盡、用之不竭的體力，他根本死定了。

「這也是課程的一環，我們必須解決這些障礙才能繼續前進。」

上官申灼的刀已經出鞘，俐落且迅速地劈開凶獸的身軀。

解決完一隻隨即轉身處理下一隻，手起刀落同時還不忘鼓勵自亂陣腳的搭檔。

「當初到底是誰選擇這條賽道的，我一定要揍死他洩恨不可！」

「我記得沒錯的話，是你。」上官申灼氣定神閒地回應。

「呃。」東湛尷尬了一秒，趕緊若無其事地轉移話題，「這些凶獸是什麼？為什麼源源不絕從沼澤裡冒出來？」

「幽狼。沼澤可以說是孕育牠們的巢穴，陰間沼澤處一定會有牠們的蹤影。」

「這麼說起來，」東湛惡狠狠地踹向一隻幽狼的頭，「如果想解決牠們的話，就必須先處理這潭黑漆漆的沼澤囉？」

「理論上是這樣沒錯。」

一隻幽狼躍了起來，東湛下意識舉起手臂抵擋，不料卻被凶獸一口咬住。

「我被咬了……」

東湛吃痛地皺起了眉頭，睜大眼睛，一時反應不過來。

「東湛，你沒事吧？」上官申灼這回顯然抽不開身。

「我很想這麼說……但我現在非常的有事！」

東湛步伐不穩地倒下，幽狼趁機欺上前來，雙方扭打得難分難捨。

就在他想要給這隻凶獸致命一擊時，卻徹底愣住了。

他看著自己空蕩蕩的右手，才赫然想起自己不像其他人有專用的武器，只有赤手空拳。

恍神過後，他連忙抓起附近一塊石頭砸向幽狼的腦袋，才得以脫身。

對啊……他怎麼都沒有想到呢？

一直以來他都沒有自己的武器，雖然有複製靈魂這個開外掛的技能，但光是這樣顯然不足以彌補他與其他人實力的差距。

「好臭，這個是……」

方才他只顧著逃命沒有發現空氣中的臭味十分強烈。

記得沒錯的話，如果沼氣占空氣總體積的8～20％，就很容易發生爆炸。

他看了看手中的石塊，頓時有了個好點子，現在該是效法古人的時候了。

「上官申灼，掩護我！」

「你想幹嘛？」

「別問那麼多了，這些幽狼都交給你了！」

「可以，但你……」

上官申灼看到搭檔堅定的神情後，沒繼續追問下去，轉而專心對付眼前不斷冒出的幽狼，同時留意東湛的行蹤，小心掩護他。

東湛在搭檔的掩護之下，穿梭於草木之間，費了一番力氣總算找到沒有沾染溼氣的圓木棍，然後又找到一些還算堪用的乾草揉成團，找到一處平坦的石頭，努力轉動摩擦樹根。

沒錯，他打算鑽木取火。

想來簡單，實際上操作時卻是困難萬分，沒什麼耐性的人可能早就放棄了事，但他不能。

不幸中的大幸是他現在體力恢復得很快，看起來疲勞在陰間根本不是什麼嚴重的事，難怪警備隊的人都像怪物一樣，有著高超的實力還有強健的體魄。

東湛專注在手上的動作，精神集中到彷彿這世界只剩他一個人。

這樣感官變化是頭一遭，他以為每個人下到陰間後多少會出現改變，甚至沒有意識到這並非普遍的現象。

片刻後，他聞到了一股燒焦味，眼前出現了點點火星，他知道成功了。

「上官申灼！」

他急忙叫喚不遠處仍在戰鬥的搭檔，要對方趕緊撤退。

當兩人脫離沼澤一定距離後，東湛將帶有一絲火星的木棍丟向瀰漫著濃厚沼氣的沼澤，瞬間引發了爆炸。

大範圍的爆炸連周遭也無一倖免，幽狼在突如其來的大火中消失了身影。

「原來你是想這樣做。」

上官申灼的語氣聽來有些意外，果然現代人的思維跟他這個武鬥派的很不一樣。

「你不是說了嗎？只要有沼澤就會有幽狼，所謂擒賊先擒王，把牠們的根據地炸掉，不就一勞永逸了嗎？」

「我很佩服你。」

「為什麼？」

「你成長的速度比其他人進來隊裡的時候還要快。」

「哈哈哈，我倒不覺得自己有你說得那麼好。」

歸根究底還是因為他沒有武器，只能智取，要不然他其實也想要帥。

「我們已經走到賽道的中間了，很快就能抵達出口。」

「對了，上官申灼，我想問你，」東湛收起輕挑的態度，認真地請示對方，「關於武器……」

「武器怎麼了？」上官申灼不解地偏過頭。

「我要怎樣才能跟其他人一樣，擁有專屬的武器？」

「這個是……」

上官申灼說到一半就停住了，新的障礙赫然出現在兩人眼前。

只要通過最後一道障礙，出口就離他們不遠了。

他們現在身處懸崖邊緣，連接前方道路的是一座長長的吊橋。

吊橋本身是以木板製成，並用繩結串起，看起來不怎麼牢固，只要一有風吹草動就會不停搖晃。

這景象讓東湛面露難色，但就在他猶豫時，上官申灼已經帶頭出發了，他也不得已只能硬著頭皮踏上吊橋。

吊橋很高，雖然東湛現在不怎麼懼高，由上往下看去還是可以得知是非常驚人的高度，他內心有些不踏實。

如果中間沒有出現什麼新的狀況的話……

不，危機出現了。

吊橋的另一端滾來一顆巨大的圓石，吊橋因為突如其來的重量而劇烈晃動，東湛趕緊穩住身子，但這樣的大石該要如何避開啊？

東湛還沒想出新的法子，就見率先走在前頭的上官申灼輕身一躍，輕而易舉地踏在吊橋的扶手上，避開了大石的突襲。

在後頭的他不禁傻眼了，直覺認為這怎麼可能辦得到，但現在非嘗試不可。

不知道怎麼回事，大石滾來的動作在他眼中就像是慢動作，一格一格在眼中彷彿分解動作般。

當他模仿上官申灼的動作避開石頭時，全然沒有實感，這就是所謂的動態視力嗎？

此刻的他能夠在一瞬間判斷外界的絲毫變化，在一瞬間做出反應，即便是移動中的物體，也看得格外清晰。

東湛一開始以為是錯覺，但當他們之後遇上大量從空中射下的箭矢時，他竟能分毫不差地抓住朝自己飛來的箭矢，連上官申灼都相當訝異。

既能靈敏地避開攻擊，又能徒手攔截眼前的箭矢，種種像是開外掛的技能，死後的自己幸運值未免也飆太高了。

不過不知道為什麼，他對變得如此厲害的自己就是覺得有那裡不對勁，好像遺漏了什麼重要的事情……

東湛和上官申灼內心懷抱著困惑，總算抵達了終點。

其他隊員都已經在終點處了，但左邊賽道跟右邊賽道顯然是兩樣情，畫面形成很大的差異。

選擇左邊賽道的伶央慎夏、檀茜草，以及靛青赫由都一派輕鬆的樣子，連頭髮都沒亂，彷佛只是來郊遊。

而選擇右邊的墨氏兄弟檔、緋彌澄南、遙日茶荼則一副累得不像話，灰頭土臉的慘狀。

「為什麼會這樣。」墨良徹至今還伏在地上動彈不得，「右邊賽道竟然有獬豸，我們怎麼可能打得過！」

「看樣子，右邊賽道就是所謂的魔王級。」墨久亦沉吟說道。

「亦、亦哥，對不起，下次我的運氣就會回來了！」

比起在魔王關遇到獬豸，弟弟更害怕失去哥哥的信任。

「沒關係的，阿徹。不過下次在做決定前還是三思而後行。」

墨久亦只是安撫似地輕撫弟弟的頭。

總隊長莫槿跟其搭檔朱羽是選擇中間的賽道，從兩個人神態自若地站在一旁來看，賽道的挑戰對他們而言輕而易舉。

而且東湛他們一路上都沒有遇到這組搭檔，由此看來他們恐怕只花了極短時間便輕鬆通關。

訓練課程至此全部結束，他們身後的賽道也一併消失了。

東湛不由得鬆了口氣。

他又是藉著運氣撐了過來，不知道這份好運會不會有用罄的一天……

而且無論如何，他必須先解決武器的問題。

沒有專屬武器，就像出門才發現忘記穿內褲一樣，讓人好沒安全感啊！

めんじゅう　ふくはい

陽奉陰違

第三章

認主儀式

MENJUUFUKUHAI

訓練課程結束後，陰間刑務警備隊的成員沒有閒著，在公事之餘也忙著自主鍛練，無不就是想要精進自己的實力。

東湛也緩慢但確實跟上了其他人的腳步，總算有成為第三分隊一員的實感。

這天在巡邏途中，他終於開口問了搭檔一直心心念念的事情。

「隊長啊，上次武器的話題還沒說完呢，到底要怎樣才能擁有專屬的武器？」

「這個問題你不應該問我，」上官申灼回道，「要自己去確認武器的心意。」

「什麼？」

東湛深深懷疑自己是不是聽錯，這句話聽來未免也太奇怪了。

「陰間的武器都是認主的，一旦結下契約，除了主人外誰都無法使用該武器。」

「怎、怎麼可能啊！」東湛覺得很是荒謬，忍不住失笑，「武器就是武器，怎麼可能有自主意識。」

「要試試看嗎？」

上官申灼大方地從腰間取下苗刀，作勢遞給東湛。

「怎麼試啊？」

東湛嘴上雖然這麼說，但也被搭檔的態度勾起了好奇心。

他伸手想接過上官申灼的刀，但就在摸到刀柄的前一刻，刀突然直直地往下墜落，插在地面上，像是有意識般避開不讓他碰到半分。

「刀自己移開了……」

東湛與上官申灼的苗刀就像是同極相斥的磁鐵，他越是想要碰觸越是碰不到，彷彿有隻透明的手將他給狠狠推開。

「一開始就說了。」

上官申灼輕易地便將刀從地上拔起，武器並沒有抗拒他的觸碰。

「我這是被一把刀排擠了嗎……」

東湛不免感到有些失落。

「每件武器只會認一個主人。」

「但警備隊的人也會有離開去輪迴的一天吧，那這樣的話武器又會如何呢？」

「到那時候，」上官申灼頓了頓，才又接下去，「武器也會隨著主人進入輪迴，以不同的姿態去到陽世。」

「武器也能投胎轉世嗎？」東湛覺得很是神奇。

「檀應該告訴過你，萬物皆有靈，先有靈才有物的存在。」

「好，我知道了。」東湛很快地答道，「那第一步應該做什麼，哪裡才能找到我的武器？」

他可不是輕易就會放棄的人。

「武器庫，在那裡可以找到你想要的東西。」

「不過要怎樣才能讓武器選擇你啊？」

像他東湛這樣在陽世非常受歡迎的美男子，竟然還得擔心無法受到武器們的青睞。

不過換個角度想想，都有武器會選擇上官申灼這樣的無趣面癱男子了，他只要發揮三寸不爛之舌好好遊說的話，沒有被拒絕的道理。

「當初墨氏兄弟每天到武器庫去擦拭武器起碼兩個時辰；檀好像是陪它們聊天說笑話；茜草的話，雖然什麼都沒做講話也很笨拙，但其中一把武器基於憐憫便認他為主。」

真虧墨氏兄弟可以勞心勞力做到這份上，檀的辦法也不錯，至於茜草嘛……

「那你呢？上官申灼，你又做了什麼？」

東湛接著追問，畢竟他的苗刀可不是普通強大。

「我只說了一句話。」

「就這樣？快點說來聽聽！」東湛迫不急待地想要知道答案。

「無論未來遇到什麼困難，我都會對你不離不棄，並且一生一世愛護你。」

「……所以，你向武器求婚？」

「求婚？」上官申灼愣住了，「不是這樣的，我看書上說這是雙方締結重要盟約時不可或缺的誓詞。」

是這樣沒錯，不過所謂的雙方是指結婚對象啦，你是不是搞錯什麼了！

算了，反正這也算是美麗的誤會，武器和主人兩情相悅就好，雖然想來還是有些好笑。

而且上官申灼這番話給了東湛很大的鼓舞，既然其他人可以，那他這個備受總隊長看好的超級新人沒道理辦不到。

對，他就是這麼有自信。

隔天巡邏完回程的途中，東湛便跟上官申灼告假，興沖沖地跑到武器庫去。

武器庫就在刑務警備隊總局裡面，和道具租借室一樣外觀只是間小房間，但實際上空間很寬敞，擺個上萬把武器也綽綽有餘。

大部分武器都被整齊陳列在架子上，另外有些被掛在牆上或是懸掛在天花板上，各種武器應有盡有讓人眼花撩亂，絕對是兵器愛好者夢寐以求的寶庫。

「我真的可以隨意挑選一把專用的武器嗎？總隊長。」

東湛小心翼翼地偷瞄從制服口袋冒出隻倉鼠的那個男人。

他沒預料到會在這裡碰上總隊長莫槿，然而其他隊員剛好都出外值勤去了，不得已只好向總隊長請示進入武器庫。

對了，莫槿的搭檔朱羽當然也在。

「上官申灼應該解釋過了吧？不是你選武器，而是武器選擇你。」朱羽開口說道。

「朱羽的武器是什麼？」

這麼說來，東湛都還沒有仔細看過第三分隊以外隊員的武器。

朱羽將手握拳，再度張開時掌中憑空現出了一把刀。

刀的前端特別寬，越往下越窄，刀身二分之一至三分之一處有個明顯的弧度。

「這是我的兵器，柳葉刀，響。」

朱羽亮了亮手中的刀。

「響是？」東湛問。

「刀的名字。」

「武器還可以取名啊？」

「可以，只要獲得對方的同意。」

這裡當然是指徵求武器的許可。

「那朱羽又是怎麼獲得武器認可的呢？」

東湛迫不急待地追問。

朱羽一臉正氣凜然正經地回答，「跟它打一架，勝者為王、敗者為寇。」

東湛不禁傻眼，他當然不會模仿朱羽的做法，沒弄好說不定被宰了的會是自己啊。

「啊哈哈，」莫槿趕緊跳出來打圓場，「真是的，朱羽就是太過認真了。」

「我不過是提供他——」

朱羽話尚未說完就被莫槿截斷，總隊長推著搭檔走出武器庫還不忘叮嚀。

「那就不打擾你與武器的相處時光，別給自己太大的壓力。」

東湛打從心裡向總隊長露出感激的神色。

他深吸了一口氣，準備專心面對接下來選擇武器的過程。

說來也奇怪，東湛的心情有些忐忑不安，這似乎是進入警備隊以來頭一遭。

跟訓練課程時不同，除了焦慮外還夾雜了一絲絲的期待。

當然，事情不可能如他所願那麼順利。

沒想到來了個新人呢。

距離上次有菜鳥起碼隔幾十年了，不知道這個會怎麼討好我們。

看他一臉蠢樣，是被我們嚇到了吧？嘻嘻。

武器們此起彼落你一言我一句，當著東湛的面討論起當事人來，絲毫不覺得哪裡不對勁，但這樣的場景看在東湛眼中實在是詭譎至極。

武器的聲音並沒有在這偌大的空間產生回音，彷彿是直接在東湛的腦海裡響起，傳遞至內心深處與他對話。

「你們竟然會講話……」東湛嚇到舌頭都打結了，「到底是怎麼辦到的！」

會講話有什麼了不起的嗎？你會講話我們也當然也會啊！

就是說，沒見過世面的小鬼頭！

一波波各種批評的細碎雜語聲浪，頓時塞滿了東湛的腦袋，使得他耳朵嗡嗡作響。

他握緊拳頭隱忍住怒氣，整理好情緒後才好聲好氣地開口。

凡事都有個起頭，必須先踏出建立雙方友誼的第一步，再慢慢收拾……喔不，是收服它們。

「我叫東湛，是警備隊第三分隊的新人。在陽世時是超高人氣全方位偶像，大家都說我是美若天仙黃金比例人間至寶……」

接著他花了很長一段時間，叨叨絮絮詳細敘述自己是個多麼天縱英才，人人愛戴的萬世巨星。

得到的回應只有全場鴉雀無聲。

此刻安靜到一根針掉到地上都能成為噪音的地步，讓東湛尷尬得不知所措，只想找個洞鑽進去。

好無聊的人啊，你滾吧。

盼了幾十年，結果是個乏味的新人，別打擾我們了！

「等一下，」東湛急於挽回顏面，連忙說道，「我話還沒說完呢。我還準備了幾則笑話，等聽完再趕人也不遲！」

聽到有笑話可以排解幾十年來的無聊日常，武器們才終於大發慈悲住嘴不再抱怨。

東湛艱難地嚥了口氣，凝固在臉上的笑容有些僵硬。

「某處有戶非常懶惰的一家人，爸爸總是叫媽媽做家事，媽媽不想做就叫女兒做，女兒不想做就叫妹妹做，妹妹也不想做就叫小狗做。

「有天來了位客人，發現小狗竟然在做家事，很驚訝地說：『你會做家事啊？』小狗回答，『他們都叫我做啊。』

「客人更加驚訝，『你會說話？』小狗又說：『噓，小聲點，他們如果知道我會說話的話，會叫我去接電話。』」

這則笑話在陽世不但過時，類似主題的也不少，但東湛還是想賭一把。

這些武器被關在這裡這麼長的時間，老梗或許還是新鮮有趣的。

果不其然武器聞言全哈哈大笑了起來，看起來這則老笑話深深擄獲了它們的心。

這時有把武器提問，**什麼是電話？**

……不知道還可以笑得那麼開心?!

東湛不厭其煩地向它們解釋了電話的用途以及原理，武器們照樣聽得津津有味。

他明白了，這些武器其實是希望接觸到外頭各種新的人事物，而媒介就是警備隊的隊員。

接下來幾天，東湛都會趁著休息時間，去武器庫說笑話給武器們聽，沒有笑話可說的時候也會開啟些有趣的話題。

武器們都非常嚮往外頭的世界，例如現今的陽世。

眼見時機差不多了，這天東湛便要求上官申灼一同前往，希望搭檔能成為武器認主這個偉大時刻的見證者。

然而他太天真了，竟然沒有任何一把武器選擇他。

「到底是為什麼，為什麼不選我？我不夠好嗎！」

東湛的臉瞬間垮下，嘴裡喊著俗濫愛情劇裡被甩時的經典台詞。

你根本不需要武器，自然我們也無法跟你配合，這就是答案。

上官申灼也很是訝異，畢竟從來沒有人淪落至此，但他相信武器們之所以認為東湛不需要武器，一定有什麼特別的理由。

看著搭檔失魂落魄的樣子，上官申灼絞盡腦汁想要安慰對方。陽世的年輕人在看到朋友失意的時候都會說些什麼呢？

上官申灼一掌拍上東湛的肩，努力盡他所能地微笑釋放出善意。

「等巡邏結束後，一起去訓練場鍛練提升實力吧。」

東湛看著肩頭上的手，絲毫沒有覺得被安慰。

「……你也覺得我很弱啊，我真的那麼廢嗎。」

東湛並非在問上官申灼的意見，只是覺得從訓練課程得到的信心這下蕩然無存。

「廢不廢不是你說得算。」上官申灼沒有多加思考便接話，「你的搭檔我才有權決定。」

東湛睜大眼看著眼前的上官申灼，感覺放在自己肩膀上的手加重了力道。

「你是我認可的第一個，恐怕也是最後一個搭檔。別妄自菲薄了，你不適合那樣的表情。」

「不可否認你有時候還滿會說話的嘛！」東湛挑眉笑了。

結束例行的巡邏後，東湛沒有馬上返回警備隊辦公處，而是多繞了幾條街想散散心。

他果然還是很在意沒有獲得任何武器的青睞，而且武器們說他「不需要武器」究竟是什麼意思呢？

東湛邊走邊專心思考著，以至於絲毫沒有注意到小孟在遠處朝他揮手。

「欸，東湛，沒聽到我在叫你嗎？」

小孟來到身後喊道。

「喔嗨。」東湛沒什麼朝氣地回應偶遇的青年。

「你這是怎麼了?嚇死人了。」小孟當然一眼就看出東湛的異樣，還順口消遣了句，「不會是被上官申灼始亂終棄吧，我可不會安慰你喔。」

沒想到東湛沒有反駁，只是心不在焉地回應，「我有自信不會被拋棄。」

「我想不出那還有什麼事情能打擊到你了。」小孟聳了聳肩

「你腦袋都裝些什麼啊!」

抱怨歸抱怨，東湛還是一股腦將自己遇到的問題全告訴了這位擺渡人。

聽完一連串苦水，小孟只是露出淺笑。

「這根本不成問題。不過你要是真的這麼想要武器的話，我也不是不能透露解決的辦法。如何，想聽嗎?」

「請務必告訴我!」東湛聞言立刻一箭步湊上前，深怕漏掉任何一個字。

「公務員評比將在幾天後開始，獲得最高分的人，可以無條件實現一個願望。不就可以提出想要武器的願望了嗎?」小孟緊接著說。

東湛彷若大夢初醒一般，「對耶——」

「不過前提是你拿到第一名，有沒有在聽？」

「真是太感謝你了，我的摯友！」

東湛已經逕自沉浸在喜悅中無法自拔，欣喜若狂地握住青年的手用力上下搖晃，然後隨即像陣風似地消失無蹤。

小孟看著對方的背影，蹙起眉深思，「我什麼時候變成他的摯友了？」

這天夜裡，東湛跑去敲上官申灼的房門，想跟他分享這則好消息。

當他敲響門板，下一秒青年便出現在門後，彷彿早已預料到他的出現。

「請進。」上官申灼從容不迫地讓他進入自己房內。

東湛注意到上官申灼的髮尾還滴著水，身上也只穿著件深色浴袍，看似前一刻還在沐浴，甚至可以從微微敞開的領口，隱約看到裸色的肌膚。

一瞬間，東湛的腦海浮現要說多糟糕就有多糟糕的畫面。

他趕緊甩開腦海裡想入非非的念頭，把自己偉大的計畫全告訴自己的搭檔。

「你想要我在公務員評比放水？」

上官申灼有些不能理解地偏過頭。

「當、當然不是啊！」他從來沒有過這樣的想法，即便只是一瞬間，「因為你是我的搭檔，我希望你可以理解我的決心。」

上官申灼抬起頭，眼裡燃起不容忽視的嚴肅神色。

「我明白了，我會在公務員評比拿出全部的實力。」

「你平時都沒有使出全力嗎？」東湛忽然有些害怕聽到答案。

「總是全力以赴會消耗不必要的力氣，其他人也都是這樣。」

「……這樣是哪樣啊，你們全都是怪物吧！」

「不是怪物，是鬼。」上官申灼輕聲糾正。

東湛雖然很想吐槽，但對方確實就是有本事可以這麼說。

這時從遠處隱約傳來犬隻的長嘯聲，他下意識地縮起肩。

「宵犬都在這時候叫嗎？」

這個時間他平時早就上床入睡了，第一次親耳聽到宵犬的叫聲，其震撼力非一般犬隻所能比擬的。

東湛也沒見過牠們的廬山真面目，在他的想像中恐怕都是些面露猙獰的凶惡大型犬。

畢竟是巡守的警犬，氣勢必然很是驚人，光以外型就足以震懾敵人。

「宵犬的長嘯聲是暗號，叫一聲是代表開始及解除宵禁，兩聲是沒有異狀，三聲則是警示有敵人。」上官申灼解釋道。

如果傳來三聲長嘯的話，警備隊就得立即出動。

「敵人是指像餓鬼那樣的怪物嗎？」

東湛沉思，小心謹慎地揀選用詞。

上官申灼立刻否定，「有比餓鬼還要強的對手。真正可怕的是藏在暗處，心思縝密的敵人。他們會布下巧妙的陷阱，等警備隊主動出擊便一舉擊潰我們。」

「警備隊曾經對上這樣的敵人過嗎？」

「沒有，但不代表永遠不會。夜深了，回房休息吧。」

上官申灼簡單明瞭地結束了話題。

回到自己的房間後，東湛一直在思索搭檔說的這番話。

不知為何，上官申灼口中「心思縝密的敵人」，令他驀然想起先前在暗巷遇到的神祕人。

他有種奇妙的預感，將來陰間會被這人攪得天翻地覆……

為了拿到評比第一名，東湛加緊腳步磨練體能與實戰技巧，奮力想要趕上前輩們。

他比其他隊員花好幾倍的時間在訓練場鍛練，每天都快到宵禁時間才趕忙返回宿舍，即便如此他還是覺得時間不夠用。

這天東湛在結束巡邏，準備一如往常前往訓練場時，收到了總隊長召見的通知。

「東湛，有件任務要交給你去處理。」莫槿朝他笑了笑。

東湛一聽很是好奇，畢竟他是最資淺的隊員，實力又沒有特別突出，簡單說來就是隻菜鳥，會有什麼任務是非他不可的？莫非又是要複製靈魂——

「這是給新人的考驗嗎？」

入隊考試時他已經深深體會到陰間公務員的求職考試有多麼麻煩，入隊之後再來一次也並非不可能的事情。

「不，你好像誤會了。」總隊長氣定神閒笑著否認。

但東湛還是不能放下心來，「雖然不太可能，但我有拒絕的權利嗎？」

「沒有，你怎麼會有這種錯覺呢。」

總隊長越發笑容可掬地望著東湛。

看吧，就知道道肯定有鬼！

「任務很簡單，警備隊所有成員在新人時期都做過，你就當作歡迎新人的儀式即可。入隊以來還沒見過宵犬吧？」

東湛想都沒想便脫口而出，「總隊長不會是要我去照顧宵犬吧！」

莫槿臉色如常地點點頭。

「清理犬舍的同時也能讓宵犬熟悉你的味道，宵犬也是我們警備隊重要的伙伴。」

東湛聽得臉色一陣青一陣白，「可是，我……」

莫槿見東湛還有幾分猶疑，便出言安撫。

「宵犬不是一般的狗，牠們會照顧你的。」

所以不是要他去照顧宵犬，而是讓宵犬照顧他嗎?!

問題就出在這裡，東湛怕狗，而且還是可能會過度驚嚇當場昏厥的程度。

沒想到他東湛這麼快就碰上職業生涯中第一個攸關性命的危機……

めんじゅう　ふくはい

陽奉陰違

第四章

宵犬

MENJUUFUKUHAI

犬舍在距離第三分隊辦公處走路不到十五分鐘的木造建築物裡，附近還有條蜿蜒的小溪，看上去一片寧靜祥和。

但東湛才抵達隨即被裡面的光景嚇了一跳，宵犬不但有專屬的房間，甚至有專人現煮提供伙食。

但這些都還不及親眼目睹宵犬真面目其詫異的萬分之一。

比起惡犬更像是可愛供賞玩的寵物，清一色都是中小型犬隻。

放眼望去，就東湛所知的種類便有米格魯、貴賓、馬爾濟斯、博美……族繁不及備載。

一堆容易躁動的小狗齊聚一室，簡直吵死人了。

東湛只能躲在遠處，確定宵犬沒有注意到自己，這才悄悄跨出一步。

任務是清理犬舍，只要把房間都打掃過一遍就沒他的事了。

東湛小心翼翼地貼著牆壁，朝走廊另一端的掃具間前進，想盡辦法不要靠近狗群。

宵犬是在夜間工作，白天要不是在房裡睡覺，就是在大廳玩耍。

像現在就有隻博美正追著一顆球，玩得不亦樂乎。

沒有狗會注意到我……沒有狗會注意到我……

東湛一邊催眠自己，一邊像隻螃蟹般緩緩橫向移動。

你在做什麼？

腦內突如其來的聲音令東湛一愣，他焦急地左顧右盼，赫然發現來自於正下方的視線。

一隻毛茸茸像玩偶一樣的紅貴賓歪著頭盯著眼前形跡可疑的人。

好吧，他承認自己的行為舉止是很可疑。

宵犬不但會說話，還跟武器們一樣是以像心電感應的方式溝通。

東湛想起上官申灼曾說過「萬物皆有靈」，如果陰間的一切真的都具有靈性的話……可就太棒啦！

能夠溝通的話，他就不需要硬碰硬了。

「我是第三分隊新來的隊員，叫東湛。不是什麼可疑人士，請盡情無視我沒關係喔！」

東湛說完就打算逕自離去，可是宵犬仍然待在原地一動也不動地注視著他。

你為什麼要那樣走路？是什麼遊戲嗎？

「遊戲？喔……不，不是那樣的……」

他這才意識到自己仍維持著螃蟹走路的站姿，尷尬地乾笑了幾聲。

趁現在還沒有吸引更多宵犬注意的時候趕快……

是新遊戲！

擅自理解什麼的紅貴賓興奮地吠叫起來，學起東湛剛剛的走路方式。

其他宵犬見狀也紛紛效仿同伴，一群小狗玩得不亦樂乎。

東湛霎時間被毛孩子團團包圍，嚇得腿一軟坐在地上。

你怎麼了？

紅貴賓關心地將毛茸茸的頭顱湊近。

「別過來……我怕狗啊……」

為什麼害怕？

「哪有為什麼……」東湛閉上眼睛，努力地撇開頭。

我們宵犬就是要保護陰間住民，所以不論害怕與否都得要戰勝心中的恐懼，刑務警備隊的人一定也是這麼想的。

「我才不想被區區一隻狗安慰……」

啊，我知道了！

紅貴賓又擅自理解了什麼。

如果你是怕被咬，那大可放心，我們不會亂咬來路不明的東西。

紅貴賓吐出粉嫩的舌頭，算是釋出最大的善意。

「誰是來路不明的東西啊！」

多虧這句話，東湛放下心中的大石，冷靜了不少。

雖然想來還是有些不爽，他抬腳跨過那些小狗，現在他只想離牠們越遠越好。

東湛嘆了口氣，認命地打掃起來。

犬舍不是普通的大，就他眼前所及之處就起碼有三十隻宵犬，難怪鬧哄哄的一片，有狗的地方就絕不可能跟安靜這兩個字扯上邊。

紅貴賓仍然亦步亦趨跟在他身後，牠雖然沒有吵鬧，但感覺得出想要說什麼。東湛迫不得已只好先發制人，「不要吵我！」

我只是想好心提醒你，宵犬白天是禁止擅自外出的。

「這跟我有什麼關係？」

你現在是犬舍的負責人喔！

「我？負責人？」東湛哼了一聲，停下打掃的動作，「我只是被總隊長派來清掃犬舍。」

上面可不是這樣說的。

「上面？」

紅貴賓一溜煙不知道跑去哪裡，過一會不知從哪叼著份公文過來。

東湛的視線快速掃過公文上的文字，臉頓時垮了下來。

上面的確寫著他必須擔任犬舍負責人，至於要當到什麼時候，恐怕只有總隊長莫槿知道了。

眼看公務員評比已經迫在眉睫，現在可不是幹這個的時候啊……

沒關係嗎？

「嗯？」

有宵犬趁你不注意的時候溜出去了，你會受到懲處喔。

「什麼……」東湛猛然回過頭，眼角餘光只來得及捕捉到從門縫溜出去的殘影，「你怎麼不早點說！」

是你不讓我講的。

「可惡，現在到底是什麼情況啊……」

東湛焦急地抓亂頭髮，丟下手中的掃具，連忙追出去找光明正大落跑的小狗們。

「討厭、討厭，太討厭了！」

儘管東湛一路上滿嘴抱怨，還是任勞任怨盡可能抓回所有偷跑出去的宵犬。

幸好宵犬大都只是在犬舍附近遊蕩，不過要將牠們帶回犬舍還是必須費上好一番功夫。

東湛光是追逐滿場跑的小狗就筋疲力竭，尤其宵犬誤以為他是在跟牠們玩耍，便跑得更加起勁了。

而且這些小狗都不怎麼安分，帶回犬舍的路上不斷掙扎，還把他的手當成潔牙骨般啃咬。

「這樣就可以了吧。」

東湛鎖好犬舍的大門，只能看著滿手的唾液跟齒痕嘆氣。

好不容易終於完成全部的清潔跟餵食工作，只要再清點一次數量就大功告成。

這時他赫然發現數量對不上，無論重數多少次，的的確確就是少了一隻。

一定是白花油啦，膽小又神經質。有時候偷溜出去找不到路回來，就索性不回來了。

——這哪是什麼膽小神經質，根本超任性的好不好！

此外還有個問題，「為什麼會取名叫白花油？」

你看，這是我的名字。

紅貴賓昂起頭，讓東湛看自己項圈上的名牌。

他彎下腰抱起紅貴賓，定睛仔細瞧名牌上的字，上頭寫著「橄欖油」。

再看看其他宵犬的名牌，葵花油、綠油精、芥花油……甚至連沙拉油都有，這取名的品味也太令人不敢恭維了。

「……總之，我去把白花油找回來。」

東湛默默將目光放向遠方，他已經不想再見識到千奇百怪的事物了。

片刻後終於在離犬舍有一段距離的沙坑看到了疑似白花油的身影。

東湛小心翼翼地靠近，試著呼喚狗的名字，那隻宵犬立刻回過頭來，看來是白花油沒錯。

但在看到狗的正臉的瞬間，東湛無法自主地發起抖來。

那張狗臉怎麼看都像吉娃娃，不，根本就是吉娃娃。

東湛可沒少吃過吉娃娃的悶虧。

他以前的經紀人是吉娃娃狗奴，養了三隻吉娃娃不說，每次見到他不是狂吠不止就是想要攻擊他，簡直是他午夜夢迴的前生惡夢。

「白花油……待在那裡不要動喔……」

東湛忍著恐懼一步步向前，吉娃娃只是抬起頭，睜著一雙大得不可思議的眼睛盯著他看。

他蹲了下來，嘗試摸了摸白花油柔順的皮毛，牠仍然沒有任何反應。

正當東湛以為可以安全上壘時，吉娃娃促不及防朝他吠了一聲。

東湛嚇了好大一跳，整個人往後跌坐在地。

他很快便發現地面竟無法支撐住他，不停地往下塌陷，轉瞬他的下半身已經在地平面以下了。

「流、流沙……」

東湛驚呼出聲，趕緊抱住同樣陷進流沙中的吉娃娃，一人一狗就這麼落到無人救援的困境裡。

越是掙扎只會越往下陷落，隨著時間流逝，流沙即將要淹過口鼻。

東湛趕緊將懷中的吉娃娃高舉過頭，對牠交代起像是遺言的話。

不對，他不是本來就掛了嗎。

「白花油，你就踩著我逃走吧。不用管我了，記得——」

話都還沒說完，白花油突然一個用力，真的靈巧地以他的頭當踏板跳到沙坑外安全的地面，感傷的氣氛在一瞬間毀壞殆盡。

好歹讓他把話給說完啊。

正當東湛暗自神傷之際，沒想到白花油卻回過頭來，直直盯著他。

東湛被盯得渾身都起雞皮疙瘩了。

「幹嘛，你不會是想要嘲笑我吧……」

下一秒，白花油竟不由分說咬住東湛的臂膀，然後用力撕扯，把他整個人從流沙中拔起。

沒想到小小的吉娃娃咬合力如此驚人，宵犬果然不同於陽世一般的寵物狗。

東湛一臉餘悸猶存，就這麼被吉娃娃咬著在地面拖行。

明明安然脫身他卻絲毫不感到開心，沒想到竟然被生前最討厭的吉娃娃給救了。

東湛就這樣被白花油一路拖行回犬舍，沿途遇上的陰間居民無不露出無比好奇的神色在旁圍觀，他只能用雙手掩著臉感到羞恥不已。

到底是誰說白花油生性膽小又神經質的啊？

總而言之，從那之後他這個犬舍管理人算是跟宵犬相處甚歡。

只要沒有做出任何越矩的事，人跟狗還是挺合拍的。

東湛每天除了忙於公務外，便是往返於訓練場及犬舍。

然後終於來到了一年一度公務員評比的那天。

當天現場所有人無不繃緊神經。

今年除了個人成績以外，還加碼以分隊為單位加總個人成績的評比項目，三個分隊中勝出的一隊可以無條件減免刑期。

「這樣就可以早點離開這個鬼地方了！我下輩子當然要當個有錢人！」茜草說。

「像我們這樣的戴罪之身，即便能投胎進入輪迴，也要面臨現世的磨難。」

檀翻了個白眼，無情地潑了桶冷水。

「我只要跟亦哥在一起就好了，對吧？」

墨良徹果不其然又做出愛兄發言。

遲遲等不到哥哥回應，墨良徹皺起眉頭，「亦哥？」

「抱歉，你剛剛說什麼？」

墨久亦在跟上官申灼說話，沒有聽到弟弟剛才的一番話。

「無論亦哥怎樣對我，我的心還是不會變的！」

被自家哥哥忽視的墨良徹哭喊道。

「戴罪之身是什麼意思？」東湛困惑地看向上官申灼。

「我們都曾經在前世犯下不可饒恕的罪過，」上官申灼淡淡地解釋，冷靜的態度彷彿是在陳述他人而非自己身上發生的事情，「加入警備隊也是為了償還積累的罪孽。」

「你們所有人都是嗎？」東湛倒抽了口氣。

對喔，之前墨良徹昏迷時上官申灼和墨久亦有稍微提到這件事。

這也難怪來警備隊的人選都是由上級直接指派，直到他才因為人手不足的緣故破了先例。

「我們所有人都是喔，小花花。」檀介入他們的談話，「我被判了五世的刑期，那可真是漫長的時光啊。不過話是這麼說，我也已經度過了三世。」

「五世?!那是多久？」

東湛驚呼，這對他這個現代人而言實在是難以想像的時間。

「一世是一百年。」

「那不就是五百年嗎……」

東湛看著眼前嘴角帶著輕淺笑意的男孩，有些好奇他到底是犯下何等重大的罪才會被判如此嚴厲的刑期。

「檀還記得前世發生的事情嗎？」

「不記得。」檀很快地回答，但眼神閃爍。

東湛敏銳地意識到檀在說謊，但他也沒打算深究。畢竟對方恐怕是基於某些理由必須隱瞞，照理說警備隊所有人都不該有前世的記憶才對。

正因為警備隊所有人都是戴罪之身，罪再加重就是墮入地獄，早就無路可退了。

看得出來大家都很期待這次的評比，雖然顯然跟東湛期待的理由截然不同。

保險起見東湛還是想再向總隊長確認一次。

「據說個人成績獲得第一名的人，就可以無條件實現一個心願，這是真的嗎？」

「是這樣沒錯，但從來沒有人拿到第一名。」

總隊長莫槿露出意味深長的微笑。

「從缺。」副手朱羽接著補充，「歷年都是從缺。想拿到第一名，不只要有過人的實力，還需要點運氣。」

「總之，不要 death 就是了。」

不知為何，奧斯陸的語氣聽起來有些嘲諷的意味。

「不是個評比而已嗎……」

這下東湛神經再怎麼大條也驚覺事情不對勁。

「你以為上面的人會這麼簡單就開出減免刑期的條件嗎？我們可是罪人啊。」

墨良徹聳聳肩。

「怎麼會……」東湛忍不住喃喃。

他發現所有人的表情都很是冷淡，看來不約而同在心裡早就有了底。

監考官登場了。

這次的等級直接大幅躍升，是上次訓練只稍微露了個臉的神獸獬豸大人。

第一關是和訓練課程類似的賽道路跑。

但這次沒有分三個賽道，障礙也是隨機出現的。

而且是以個人為單位競賽，要在重重難關中脫穎而出，最重要的自然就是自我中心明哲保身。

即便如此大家仍能從容應對，幾乎所有人都跑在東湛前頭。

他努力在後頭追逐其他人的腳步，還是落後好大一截，片刻後視線所及之處已經沒有任何人的身影。

照這樣下去不要說第一名，還會直接吊車尾。

這跟他預期的完全不一樣，不得不說，他的信心再次被嚴重打擊了。

「可惡，就算不能拿第一，我也不要最後一名！」

東湛像是對自己精神喊話般大聲說完後，便加速邁開雙腿。

他冷靜下來環顧四周，發現身周盛開著一朵朵鮮豔的巨大妖花，這些花散發出一股濃厚的屍臭味，聞著眼前視野忽然變得一片模糊。

感覺好像出現了什麼東西……

他突如其來感到一陣強烈的暈眩，感覺到腳下的地面呈波浪狀不斷起伏，使得身體搖搖晃晃快要站不住。

不知道是幻覺，還是地形出現了什麼變異。

東湛一個踉蹌，就在以為身體支撐不住要倒地時，他猛地撞進一個人的懷裡。

那人穩穩接住他，扶起他的肩膀用力搖晃。

「醒醒，這是屍臭妖花，會讓人產生幻覺，還站得住嗎？」

他聽到耳邊傳來熟悉的嗓音。

東湛聞言眨了眨眼，多少因這句話恢復些神智。

「上官申灼，你怎麼在這裡？」

他勉強讓眼球聚焦看向來人，見上官申灼也直直看著自己，更是困惑不解。

「我看你落後不少，回頭來看看。」

「你不是說不會放水嗎？」

「我沒有放水。」

「那你在這裡做什麼，現在可是評比競賽中啊！」

「規則並沒有說不能幫助搭檔，而且幫助你跟我的成績是不衝突的。」

「什麼？」東湛越發訝異。

「即便跟你一起行動，也不會影響到我個人的成績。」

聽到上官申灼如此信心滿滿的宣言，東湛不知道該說些什麼才好。

他確實因為上官申灼得救，也因為對方而瞬間安心了不少。

才短短幾分鐘的時間，這波情緒的變化連東湛自己都覺得不可思議。

或許，他比想像中還要更加需要上官申灼。

「我不會拖累你的！」東湛冷不防像是賭氣般回嘴。

「是嗎。」

上官申灼淡淡地應了句，不由分說握住他的手腕，帶著他避開屍臭妖花的幻覺毒氣攻擊。

東湛詫異地瞪大了眼，但也沒多說什麼，任由搭檔拉著他前行。

地面不再起伏了，看來這似乎也是幻覺導致。

兩人才剛脫離妖花的攻擊範圍，下一波危機又立刻襲來。

「小心！」上官申灼察覺到危險，拔刀準備應戰。

東湛也極有默契地閃避到一旁，同時眼觀四方，做好隨時上場幫忙的準備。

然而當敵人出現在眼前時，東湛還是一瞬間腦袋便完全空白，就連上官申灼也皺起眉神情嚴肅地直視著前方。

佇立在兩人面前的是巨大化的餓鬼，足足有兩三層樓高，外型就像隻蜘蛛。

不只有毛茸茸的粗大肢體，還有大量的複眼。

超乎想像的噁心讓東湛有些緩不過來，一陣強烈的戰慄充滿全身，猶如爬滿無數隻螞蟻不斷啃咬著要他屈服，不過他還是憑著意志力支撐住。

「上官申灼，這……」

他們真的能贏得過這種敵人嗎？

「你害怕嗎？」上官申灼不為所動。

「……你以為問我，我就會老實承認嗎？」

「我不會保護你的。」

「誰、誰要你保護我！」

「你不是說要讓我見識特訓後的實力？那就看看我們誰先解決這隻龐然大物吧。」

「哈，求之不得！」東湛的語氣有些逞強。

「你可別死啊。」上官申灼的視線轉了過來。

「這是我的台詞。我不會讓你有機會的，而且你的搭檔永遠只能是我！」

上官申灼聞言詫異地眨了眨眼，過後卻輕輕拉起嘴角，勾出淺淺的弧度。

面對接踵而至的危險，他們各自都已在備戰狀態。

他東湛不再是那個初出茅廬的菜鳥了，此刻正是證明特訓成果的時機！

蜘蛛型巨大餓鬼朝他們衝來，露出的尖牙正蓄勢待發。

上官申灼俐落地側身避開，將手中的刀轉了一個方向，輕鬆就斬落餓鬼的一隻節肢。

然而餓鬼卻不為所動，不顧仍在噴血的傷處，挾帶著氣勢又是一波衝刺。

上官申灼硬是擋下對方的衝撞，雙方交接乍看像是勢均力敵。

緊接著餓鬼促不及防吐出銀白的蜘蛛絲纏上了他的刀刃，狠狠將武器連人甩飛出去。

東湛見狀明白不能坐以待斃，果然餓鬼目露凶光，邁開如今不齊全的節肢朝他咬來。

他迅速避開朝反方向跑去，現在當務之急是要把它引開上官申灼身邊，拖延時間讓搭檔重整旗鼓。

東湛原先是這麼打算的，卻不小心跑進死路，前方不遠處竟是個斷崖。

他大大吐納了一口氣，心一橫轉過身來面對敵人。

雖然情況看似對他不利，但如果反過來利用這裡的地形，說不定能一鼓作氣將形勢扭轉，他可不想錯失擊敗餓鬼的良機。

「就算沒有武器，我照樣能擊敗你！」

東湛隨即全速衝向蜘蛛型餓鬼。

眼看雙方就要交會之際，餓鬼從嘴巴吐出蜘蛛絲想要捕捉他。

但東湛利用跟餓鬼相比嬌小許多的身軀，迅速改變方向在餓鬼的肢節間穿梭。

餓鬼仍然繼續追著他噴吐蜘蛛絲，結果反而將自己的肢節纏繞在一起，動彈不得。

東湛見計謀得逞，爬到餓鬼背上掄起拳頭狠狠痛揍它頭部。

餓鬼面露猙獰，慘叫著拚命掙扎，不料用力過猛把自己的節肢硬生生扭斷了。

現下餓鬼只有幾隻斷肢，戰鬥力被削減了大半，但即便如此它還是不願放棄，奮力抵抗東湛的攻擊。

「還想要打嗎？沒用的，快點投降吧！」

東湛沒想到區區一隻餓鬼也有如此強韌的生命力，可惜反派角色注定就是輸家。

「東湛！」

這時上官申灼的聲音從身後傳來，只見他沒什麼大礙的模樣，快步朝東湛所在之處走來。

「隊長你沒事吧？」東湛開心地揮了揮手，都忘了自己還騎在餓鬼背上，「嘿嘿，這場比賽是我贏了！」

蜘蛛型餓鬼趴在地上不斷的哀號，擠出最後一口氣發了瘋似地朝斷崖衝去，想要與背上的人同歸於盡。

才短短幾秒餓鬼已經跳下斷崖，噗通一聲落入深不見底的湍急河水中。

上官申灼跑到斷崖邊，焦急地尋找搭檔的身影。

水面一片平靜，始終不見有人浮上來。

「幫個忙……把我拉上去好嗎……」

斷崖下方傳來東湛虛弱的聲音。

他攀著石塊，以危險的姿態吊掛在斷崖壁上。

他早在之前就事先複製了餓鬼的靈魂，因此也得到了蜘蛛型餓鬼特有的能力。

在蜘蛛型餓鬼墜落斷崖的瞬間，東湛用複製的靈魂噴出蜘蛛絲，把自己垂吊在了崖壁上。

不過沒想到竟然連餓鬼這種混濁的靈魂也能輕易複製，看來這個特殊能力比想像中還要有用的多了。

「抓住我的手。」

東湛抓住上官申灼略顯冰涼的手，被慢慢拉上來地面。

「呼……幸好有你。」

東湛可不想要再死一次，剛剛的危機讓他餘悸猶存。

「你的手是怎麼回事？」

上官申灼留意到東湛手上殘留的蜘蛛絲，瞬間便明白他剛剛使用了複製靈魂之術，不禁皺起眉來。

「太危險了。絕不能再這樣做，聽到沒有？」

上官申灼想也沒想便出聲斥責，眼中流露出關懷之情。

東湛反應不過來，只能愣愣地看著臉色越發嚴峻的搭檔。

「餓鬼是受到汙染的靈魂凝聚而成，你自己也有意識到觸碰餓鬼靈魂時會有噁心的感覺不是嗎？」

「你什麼時候變得這麼囉嗦……」

東湛只覺得眼前的景象開始模糊不清，意識逐漸遠去，然後眼前一黑，隨即昏厥過去。

不是吧，怎麼又來了？

めんじゅうふくはい

陽奉陰違

第五章 肆號暴走

MENJUUFUKUHAI

東湛醒來時終點已經近在眼前了。

第一關自己幾乎什麼都沒做，只解決了一隻蜘蛛型餓鬼就可以收工？

「第一關順利過關了？」他實在按捺不住，出言詢問上官申灼。

「沒錯，之後遇上的其他障礙我都擺平了。」

上官申灼以一貫冷靜的語氣回答。

「我昏睡了多久？」

「半個時辰。」

那不就是一小時嗎！

終究還是倚靠上官申灼才得以通關的事實，讓東湛不禁有些喪氣。

此外還有另一件事情……

「可不可以放我下來，而且這不是公主抱嗎?!」

他一個絕世美男子可不需要被另一個比他還帥氣的男人這樣抱著。

上官申灼不知道在想什麼，竟然以公主抱的方式一路抱著昏迷的搭檔往終點前進。

「公主抱？你又不是公主？」上官申灼感到匪夷所思。

「……萬一被人看到怎麼辦，我絕對會被恥笑啦！」

東湛懶得解釋，連忙從上官申灼臂彎裡掙脫。

兩人一起抵達終點時，其他隊員早就在終點線後休息了。

「小花花，你們搭檔感情那麼好啊。」

果然為時已晚，檀一看到兩人越過終點線，便立刻湊到東湛身邊，用曖昧的語氣調侃。

「我們什麼都沒有發生啦！」

東湛反射性回嘴，但立刻感到後悔，這種說法不就是此地無銀三百兩嗎。

「普通搭檔可不會公主抱喔，至少茜草可從來沒有對我這樣過。」

檀的語氣越發帶著笑意。

東湛自知說不過男孩，識趣地閉上嘴，誰都別想陷害他再重複說一樣的話。

「我才不要抱檀，累積了幾百年的體重肯定不輕。」

茜草聞言立刻一臉嫌棄。

「哈哈哈，想打架嗎？」檀隨即露出一副人畜無害的笑容。

「不了，我對欺負小孩子沒什麼興趣。」

「那是因為你打不過我。」檀輕鬆地說道。

「每次都這樣說，到底是想要嚇唬誰啊……」

茜草嘟囔了句，趁搭檔繼續發難前趕忙走避。

「人都到齊了，開始第二關吧。」

監考官的獬豸神出鬼沒，再度出現在眾人的眼前，絲毫不給他們多餘的休息時間。

獬豸見沒人有反應，便接著開始說明第二關的規則。

第二關是鬼捉人，由獬豸當鬼，其他人則是當人。

獬豸會在數到一百後開始捉人，陰間警備隊隊員們必須要竭盡所能躲藏，一個時辰內沒有被抓到就算過關。

「一二三……」獬豸轉過身背對眾人，開始數數。

「等一下！」墨良徹急忙打斷，「規則說明完之後，難道不用確認我們有沒有疑問嗎？」

「好麻煩。」獬豸一頭紫色長髮的背影不為所動，「你們沒有有意見一點都不重要。」

「可是……」墨良徹還是不死心。

獬豸嘆了口氣，壓低聲線，口氣一沉，「我是獬豸，我說的算。」

數數來到了十。

墨良徹眼見沒有轉圜的餘地，嘖了一聲，「亦哥我們分開行動吧？回頭見。」

「回頭見。」墨久亦微笑著摸了摸弟弟的頭，朝反方向離去。

幾乎是同一時間，所有人朝著各個方向散去。

跟第一關賽跑時一樣，其他隊員的速度總是快到難以捕捉，在東湛看來跟瞬間移動無異。

獬豸的身旁轉眼只剩下他一個人了。

東湛依舊十分錯愕，「我只有兩條腿能跑到哪裡去啊！」

「三十……四十……」獬豸仍不為所動繼續推進數字。

「四十？這數數作弊吧。」

東湛一邊抱怨，終於出發尋找合適的藏身之處。

數到一百後獬豸睜開那雙明亮得幾乎讓人無法直視的眼眸，從人形青年擬態恢復成神獸真身的模樣。

神獸舔了舔嘴角，露出嗜殺的狠勁嗅聞空氣。

果不其然警備隊員的味道相當明顯，不過位置有些分散，這可就有點棘手了……

獬豸看了看四周，朝著其中一個方位一躍便飛上了天。

「朱羽，淘汰。澄南，淘汰……」

四面八方不時傳來各種詫異的驚呼聲，各分隊的人陸續被獬豸捕獲。

獬豸大人不愧是上古神獸，直覺相當敏銳，不需花吹灰之力便讓大部分的警備隊成員紛紛出局。

「奧斯陸，我知道你在這。」

「Oh, sxxt.」第二分隊隊長舉起雙手投降。

「別以為我聽不懂西方國度的語言。」

獬豸用獸爪輕輕拍了下奧斯陸的頭以示告誡，如果真的出力這傢伙八成已經粉身碎骨了。

東湛忙著躲避追捕，根本沒機會確認上官申灼或者其他人的安危。

雖然不知道評分的標準，但他若是僥倖撐過一個時辰沒有被淘汰，或許能藉此來個大反轉。

東湛只顧著尋找藏匿之處，壓根沒留意是否還在規定範圍的方圓千里內。回過神時，他竟又闖入了那條奇怪的暗巷。

他連忙回過頭，然而背後只有一堵牆，他又被困在跟上次相同的地方。

「總之先找到出口再說吧。」

東湛謹慎分析事態，盡可能做出最好的判斷。

暗巷什麼都有賣，東湛上次已經見識過各種千奇百怪的商品了，幸好目前為止沒有碰到把他嚇得半死那個賣手指的老奶奶。

換個角度思考，既然暗巷不是可以輕易進來的地方，那麼獬豸或許一時之間不會找到這裡來，只要待在這裡撐過規定時間的話……

走著走著，他發現這條街的景象異常熟悉，然後再次看到了那扇後頭關著奇怪男人的神祕小門。

但門不知為何被人毀壞，那三條帶鎖的鐵鍊落在一旁，門扉半開半掩在風中晃蕩。

東湛臉色慘白，慌張地跑上前一探究竟。

雖然不知道被關在裡面的男人是什麼東西，但直覺告訴他那顯然不是正派的玩意。

他趕緊上前，手忙腳亂地將門重新關上，並撿起地上帶鎖的鐵鍊一一捆上。

「花茗旻。」

費了一番勁終於重新固定好兩條鐵鍊，正待要把第三條也鎖上時，有個聲音喊了他原先的本名。

東湛頓時愣住了，再定睛仔細一看，他竟把原先緊緊捆著的鐵鍊解下了兩條，手正搭在唯一完好的第三條鐵鍊上，他嚇得趕緊倒退好幾步。

「怎麼會這樣！門不是打開了嗎，為什麼……」

是誰想要讓他看到那樣的幻象？

有人特意製造出了幻覺，要讓東湛解開門上封印的鍊條。

雖然他在千鈞一髮之際緊急剎車，然而無論他怎麼努力，已經解開的鐵鍊就是無法恢復成原先上鎖的狀態。

這時候有個人影默默地靠近，東湛抬眼一看，是肆號。

他發覺對方似乎與往常不太一樣。

「肆號，你又要來幫我從這裡出去嗎……」

話都還沒說完，肆號不知為何突如其來直接出手發動攻擊。

對方飽含敵意的舉動嚇得東湛往後一退，有些措手不及。

「肆號，你為什麼要攻擊我？」

肆號即便有鎖鍊加身，也不減其攻擊的力度，東湛哪可能是他的對手，只得狼狽地四處逃竄。

周遭只有毫無遮蔽的街道和奇怪的店家，根本沒有任何掩蔽之處，東湛只有被肆號追著打的份。

「等、等一下，你是怎麼了？」

肆號的實力很強這點是無庸置疑的，硬碰硬不可能有勝算，但無論東湛怎麼勸說肆號仍只是一味地發動攻擊。

「可惡，當真以為我不會還手嗎……」

東湛滿臉不解地看著發了瘋似的肆號，撲上前用力抓住對方襲來的手。

肆號如刃似的利爪停留在他眼前幾公分處，差一點點就要見血了。

這個抓握讓兩者第一次有肌膚上的直接接觸。

明明沒有發動複製靈魂的能力，在這一瞬間肆號靈魂深處的震盪，以及各種紛雜混亂不堪的記憶，竟全一股腦流向東湛。

強烈的靈魂衝擊使兩人被彈了開來，東湛臉色慘白地鬆開肆號的手。

他不知道自己看見了什麼，只能愣愣地杵在原地，盯著自己的雙手。

方才的感覺既熟悉又陌生，令他覺得很是害怕，那不是他有辦法掌控的事物……

肆號依舊保持沉默，無從得知面具底下的臉孔究竟有無情緒起伏波動。

肆號再度邁出步伐，擺出攻擊的架勢，想要置眼前的青年於死地。

僅剩的情感告訴他必須得這麼做，若是晚一步就太遲了……到那時候……

肆號來到東湛面前，舉起握緊的拳頭，然而身體卻就此無法動彈，像是被定格在半空中。

「這可不是你這個送刑者應該做的事情。」

千鈞一髮之際，獬豸及時出手制止了肆號。

言靈的力量封鎖了肆號的一切行動，此刻他像具木偶般，只能任由上古神獸獬豸擺布。

「真是的，你知道這麼做會有什麼後果對吧？」

獬豸銳利的視線彷彿直直刺進送刑者的面具裡。

「回去你該待的地方。我會親自聯絡『那邊』的人，送刑者失去控制理應受到懲處，知道的話就滾吧。」

人形狀態的獬豸手一揮，解開了肆號的束縛。

肆號拖起腳下的鐵鍊，緩慢離去。

「你是怎麼找到我的？」

雖然應該為撿回一條命感到開心，但對於上古神獸竟來到此處的訝異，讓東湛連該用敬語的禮節都忘記了。

「你忘了我是誰嗎？我是神獸獬豸，所有地方都能來去自如。」

儘管這一句就足夠解釋一切，但獬豸還是說道。

獬豸大人果不其然是個厲害的人物，東湛心想。

然後他忽然驚覺現在還在評比當中

「等等，獬豸大人出現在這裡的話，是不是代表……」

「一個時辰剛好結束。加上你，我找到全部人了。」獬豸證實。

「別灰心，不是你們太弱，是我太強了。」

獬豸安慰似地補上一句，以居高臨下的姿態俯視東湛。

「還坐著幹嘛？如果你期望我會像上官申灼那樣抱你，可就大錯特錯了。」

「知、知道了啦！」東湛臉一紅，隨即連忙起身。

被上官申灼公主抱的畫面果然也被獬豸大人看在眼裡，實在是太丟人了！

第二關雖然全員陣亡無人勝出，但就結論而言東湛依然是吊車尾。

而第三關評比還沒開始，突然宣布暫停舉行公務員評比。

「有怨靈從地獄逃脫。」

獬豸只留下這句話，便先行返回夢閣。

在場所有陰間刑務警備隊隊員無不驚愕，全都面面相覷僵在原地。

怨靈突破地獄重重關卡逃出可是不得了的嚴重治安問題，連在陰間待了百年以上光陰的資深警備隊隊員也沒有人遇過這樣的情況。

「好啦好啦，都聽我的指示。」

總隊長莫槿用力拍拍幾下手，督促所有人將注意力集中到自己身上。

「怨靈從地獄逃出來後一定會先到陰間，必須要在它從陰間逃竄至陽世前予以攔阻。隊長留下，等待和地獄派來的人手會合。其他所有人不分小隊，擴大搜尋全陰間，一旦發現目標先拖住其行動，呼叫支援。」

莫槿迅速下令，一般隊員聽令立刻極有默契地與搭檔各自散開。

不時能聽見遠方傳來犬類的吠叫聲，連宵犬都出動了。

「東湛，如果遇上怨靈，不要跟它有任何肢體上的接觸。」

上官申灼叫住正要離去的東湛。

東湛愣住，「你的意思是讓我不要使用我的能力嗎？」

「沒錯。」上官申灼點了點頭，「怨靈是非常汙濁，怨念深重的靈魂，碰觸之後不知道會產生什麼樣的後果。你的能力也還是個未知數，一切小心為上。」

「我如果遇到怨靈，總不能什麼都不做就眼睜睜看它逃脫啊？」

他是刑務警備隊的一員，袖手旁觀可不是他該有的行為。

「到時候再說。」上官申灼沉默了良久，只給出了個模稜兩可的回答。

隊長們與一般隊員分開後，和地獄派來追捕怨靈的人員，在會議室集合商討對策。

地獄只派了兩個人來協助。

「唉，真拿你們沒辦法，我就勉為其難幫你們吧。」

其中一人先開口，他金色的頭髮很是搶眼，五官精緻，臉上戴著單邊眼鏡，肩上披著件長袍，顯得很是慵懶，一副漫不在乎的樣子。

「這不是地獄的疏失嗎，你沒資格說這種話吧？」

上官申灼冷冷地看向狂妄的金髮男子。

「對不起、對不起。」

另一個個頭稍矮的人拚命幫金髮男子哈腰道歉，此人臉上覆著防毒面具似的面罩，聲音有些悶悶的。

「是地獄的疏失，而非我。」金髮男子糾正道，「那渾球趁我不注意，殺了幾個獄卒逃獄，我可是比你們想像中的還要火大。」

「還真是跟那時候一樣呢……個性上。」

上官申灼輕嘆了口氣，喃喃自語道。

他跟這金髮男子是舊識，距今約莫三十年前，他曾因公去過地獄一趟，就是那時認識了此人。

「這句讚美我就大方收下啦，可別想要回去。」

「你戴這個不會熱嗎？」

莫槿注意到戴著面罩的青年似乎沒有要將其脫下的打算。

「因、因為我看守的那層地獄長年毒氣環繞，所以必須得戴上這個，習慣了倒也還好……」青年畏畏縮縮地答覆。

「但這裡是陰間，沒有毒氣。」

「不、不行，我沒有自信能夠做到……我怕拿下來會……」

「人家說不要就是不要，適可而止吧。」金髮男子不悅地拍了下桌子。

「啊，是我冒犯了。」莫槿微笑著擺擺手。

「這不是理所當然的事情嗎？只有老子我可以冒犯別人，別人只有洗好脖子等著的份。」

金髮男子以若無其事的口氣說出猖狂不已的台詞。

「大、大人，您要是一直這種態度的話，會被討厭的……」

「閉嘴！」

「是、是！」

這兩位千里迢迢從地獄上來的「客人」，是克拉倫斯及其僕人尼爾森。

情況比想像中還要緊迫，宵犬全數出動，時不時還能聽見此起彼落的呼喊聲。

為了加緊找到怨靈，並將陰間的傷亡降到最低，公務人員全都自發出來幫忙疏散陰間居民，過程一度有些混亂，所幸大家都很守秩序。

在擁擠的人潮中隱約可以見到送刑者的身影，他們無疑是陰間不可或缺的戰力，理所當然也被編列在搜索怨靈的團隊中。

東湛眼角餘光瞄到肆號在某個轉角處一閃而過，當下憑著直覺便跟了上去，他知道現在可不是從任務分心的好時機，但就是沒能忍住，一路尾隨在對方身後。

他一直想跟肆號問個清楚，那天在暗巷為何突如其來攻擊自己。

這不像是以往的肆號，事出必有因，肯定有什麼不可告人的理由……

為了怕跟丟，他一路上緊緊盯著肆號的背影，眼睛連眨也不敢眨一下。

但遠方突如其來的尖銳叫聲把他驚得一時分了神，再回過頭來時，肆號已經消失在視野所及之處。

東湛焦急地找尋肆號的身影，一時大意沒在第一時間察覺危險已然來到身後。

當他後知後覺感到背上被一股寒意侵襲，連忙轉過身時，那個東西和他幾乎是臉貼著臉的距離。

東湛見狀不禁瞠大了眼，瞳孔震顫動彈不得，眼前這是他見過最令人毛骨悚然的東西。

「這就是……怨靈嗎……」

他明明只從別人口中聽過，卻能在一瞬間辨認出其身分。

那是不可能存在於陰間的東西。

與有形體的餓鬼不同，怨靈彷彿是一團模糊不清的混濁煙霧。煙霧中還能隱約窺見一張張像是人類的面孔，但那些面孔並沒有完整的容貌，而是扭曲變形的詭異五官。

東湛在這個怪物身上只能看見絕望，那是來自地獄深淵淒厲的吶喊。

他腦海中一瞬間如萬馬奔騰似的閃過許多念頭。

他直覺想逃跑，但如果撒手逃跑其他警備隊隊員的伙伴又該怎麼辦？

雖然上官申灼曾告誡過他不要跟怨靈硬碰硬，但來不及了……

「對不起了，上官申灼。」

作為陰間刑務警備隊的一員，必須盡快把怨靈逮捕歸案，他只能上了。

東湛嘗試伸出手，儘管已經有心理準備怨靈的內心深處會是怎樣的光景，然而在快觸碰到怨靈的前一刻，隨即浮現一張張恐怖的人臉，他當即嚇得縮回了手。

「果然還是不行嗎……」東湛腦中無比混亂。

然而情況由不得他細想，怨靈忽然伸出無數細小的手想要抓住他。

東湛踉蹌了幾步，一個不穩跌坐在地，恰巧對上那一張張人臉的視線。

話說是眼睛，但這些人臉上應是眼球之處只有深不見底的漆黑窟窿。

好痛，我做錯了什麼……

為什麼要殺我……

要趕快回去，已經欠了好幾個月的債不能再拖了……

這些全是怨靈在生前殺的那些人，死前最後的呢喃。

強烈的怨念混雜著腐爛的臭氣撲面而來，東湛不由得掩鼻。

面對這樣的敵人，他的戰意已被削減了大半。

「躺下！」不知何處傳來一道強勢的命令。

東湛下意識照做，與此同時飛來了一張網子將怨靈牢牢的罩住。

怨靈發出充滿怨恨的抵抗嚎叫，隨即一名金髮男子出現在他的眼前，還有個戴著防毒面罩的青年跟隨在後。

「成功了嗎?克拉倫斯大人」

「尼尼，稍安勿躁。」

克拉倫斯走上前來，專注地盯著在網內垂死掙扎的怨靈。

這個網子是捕捉怨靈的特殊道具，可以抑制獵物的行動力。

等到行動力大幅度下降後，再用同樣是特殊道具的釘槍射出伏魔釘。

怨靈被伏魔釘刺中魂心後，就會呈現假死的狀態，屆時再把它帶回地獄即可。

「你沒事吧?」尼爾森注意到還坐在地上的東湛。

「你們是誰？」

「我們是地獄派來的使者，那位看起來很囂張的是克拉倫斯大人；在下叫尼爾森，是大人忠心的僕人。」

尼爾森盡責的介紹，只差沒有向東湛遞出名片。

「尼尼太多話了。」克拉倫斯不耐地嘖了一聲。

「殺死怨靈了嗎……」東湛不可置信地看著眼前上演的一切。

「怨靈是殺不死的喔，我們的任務是將其帶回地獄深處嚴加看管。」尼爾森說道。

怨靈無法靠任何武器消滅，只能用地獄業火日積月累逐漸融去其存在。

網子下的怨靈不再躁動，吐出長長的一口怨氣便維持靜止的狀態。

克勞倫斯眼看時機成熟，舉起釘槍準備補上最後一擊。

豈料原先奄奄一息的怨靈突然猛地動了起來，原來剛剛被制伏的模樣都是裝出來的。

怨靈蒼白的手打了過來，把釘槍打飛了出去，恰巧落進東湛的懷裡。

「該死的！」克勞倫斯粗魯地罵道，「喂你，快把槍還來！」

東湛對於眼前一片混亂的景象感到不知所措，他趕緊將釘槍高舉過頭，想要扔給即便是吃了悶虧仍不減氣焰的金髮男子。

然而在關鍵的那一刻他卻遲疑了。

他看見怨靈混濁的煙霧中那一張張的人臉，浮現出某張臉孔正對他邪佞地笑著。

怨靈趁隙逃竄而上，穿過了陰間的最後一道防線，上面正是陽世。

「你知道自己做了什麼好事嗎！」

金髮男子揪著東湛的衣領，不顧形象地破口大罵。

而東湛連辯解的餘力都沒有。

剛剛那一瞬間他在怨靈吞噬的眾多臉孔中，看見了自己。

めんじゅうふくはい

陽奉陰違

第六章

地獄使者

MENJUUFUKUHAI

由於東湛此次失手，陰間錯失捕捉怨靈的良機，使得怨靈趁隙逃跑至陽世，在陽世引發了一連串擾亂活人世界的事故。

陽世各大媒體爭相報導各種無法用科學解釋的意外。

最嚴重的莫過於電腦儀器不知受到什麼影響，系統全都大當機，不但很多人工作被迫停擺，連帶也影響了日常生活。

雖然事發至今沒鬧出什麼嚴重的傷亡，但也讓平日沒什麼警戒心的活人警覺不少，一時之間各種陰謀論紛紛出籠。

陰間這邊當然也好不到哪去，為善後怨靈引發的騷動忙得人仰馬翻。

幾乎所有的公務員都出動了，有的去陽世繼續追捕脫逃的怨靈，有的則負責平息陽世的事故，並消除相關活人對於怨靈的記憶。

陰間上層的人對於此事震怒不已，打算徹查相關人員。

畢竟自古以來陰間和地獄是不相互干涉的，必須要找到兩邊共同的罪魁禍首公開懲處，以平息眾怒。

於是東湛被送進了審判廳。

東湛被關在一個漆黑的小房間，等待接受審判。

「我會怎麼樣呢……」

說實話，這種事無論做了多少次心理準備都不可能接受，尤其在等待的過程更是煎熬。

而且比起之後的事情……

那個從他眼皮底下逃逸，現在不知身在何處的怨靈更加讓他在意。

陰間的時間本來就很慢了，在黑暗裡更是讓人覺得慢上好幾倍。

終於東湛被帶出了囚房，隨即被推上審判廳的被告席。

審判廳的法庭是類似陽世的法庭制度，他身後作為證人一起參與審判的不只有警備隊隊員，還有來自地獄的兩名使者。

判官是名相貌嚴肅的中年男子，東湛明明是第一次與對方見面，卻十分清楚對方的來歷。

他曾在墨氏兄弟的前世見過男子，他是陰間跟地獄的主宰者，閻羅王。

「在怨靈大鬧陰間時，你是第一個與之接觸的人？」

閻羅王按照審判的流程，一次問一個問題。

「是的。」東湛也只能這麼說。

「地獄的使者隨即趕到，但是你卻放跑了怨靈，你可承認？」

閻羅王以平鋪直述的語氣陳述事發經過。

「咦……」

東湛不知道為何情狀會變成這樣，就好像他跟怨靈是一伙的，可是明明事實就不是如此。

他判斷絕對不能中了閻羅王的圈套，出言反駁，「不是這樣子的！」

「根據克勞倫斯的說法，你什麼都沒有補救不是嗎？」閻羅王的口氣帶有些許責備，「你還有什麼想解釋的嗎？」

「這是誤會，我是因為看到了……」

怨靈身上出現自己的臉，才會一時分神。

但若是全盤托出的話，只會讓他更像是怨靈的同伙啊！

「看到了什麼？」閻羅王接著追問。

「沒什麼。」東湛心虛地撇過眼，這舉動讓他看起來更是可疑。

「定罪吧。」克勞倫斯終於開口，他走上前站在證人的席位上。

「就是這小子害我無法抓怨靈回地獄。我漫長的職涯中可是從未有過疏失，如果加重他的懲處，我想我會消氣一些，謝謝。」

——不要以為加上謝謝就顯得有禮貌多了，你這根本是挾帶私人恩怨啊！光明正大的公器私用，沒問題嗎？

東湛錯愕地望著克勞倫斯。

「看什麼看，再看就把你的眼睛挖出來！」克勞倫斯當眾威脅。

「東湛放走怨靈是事實，並且因此在陽世造成了不小的騷動。我判決東湛必須接受重溫上一世磨難的懲罰——」

閻羅王清了清喉嚨，將焦點重新拉回自己身上，沉聲說道。

「慢著。」

這時有人打斷了閻羅王的話，從被告方證人席位上站起來的是上官申灼，他緩步走上前來，看也沒看東湛一眼。

「該接受懲處的人應該是我。是我要東湛遇到怨靈時不要輕舉妄動，甚至苗頭不對時可以扔下一切逃跑。」

「上官申灼，」閻羅王瞇起眼，「你身為陰間刑務警備隊第三分隊隊長，這麼指示部下的意圖何在？」

「我不想讓我的隊員因為怨靈負傷罷了，何況憑什麼我們要替地獄收拾爛攤子。」上官申灼一副反常漫不在乎的模樣，口出妄言。

「什麼……」閻羅王頓時啞口無言。

說謊。東湛驚訝地看著自己的搭檔。

上官申灼的確想要保護他免於受到傷害，但才沒有那樣不堪。

可是此刻被告的東湛被強制禁言，什麼都說不出口，只能將最後一線希望放在克勞倫斯身上。

或許他會堅持讓自己接受懲處，這樣上官申灼就不會受到傷害了。

「呵呵，事情變得越來越有趣了。」

克勞倫斯挑起眉，一臉饒有興味地看了看上官申灼，又再看了看東湛，似乎聯想到什麼，卻不作聲而是笑了起來，沒有人知道是什麼原因惹得他發笑。

東湛一臉莫名其妙看著金髮男子，瞄了眼附近不遠處的面罩青年。

青年感受到他的視線，只是聳了聳肩表示他也不清楚。

「該受懲罰的人是我。」上官申灼堅持這樣的結論。

閻羅王在經過長長的沉默後，做出他自認為公平公正的裁決。

「好吧，既然你如此堅持犯錯的是自己，那就如你所願。你，上官申灼，必須為自己的言行付出代價，再次經歷上一世的磨難。沒有辦法撐過這道刑罰的人，將會永遠迷失在前世經歷的夢境中。」

閻羅王敲下頗具分量的槌子，正式宣告審判結束。

東湛沒來得及跟上官申灼說上半句話，就眼睜睜看著搭檔被帶走。

「等等，慢著……」

據說審判後的懲處會在審判廳的專門房間裡施行。

雖說是夢境，但那是所有人都不想再經歷的痛苦與絕望。

審判結束過後，東湛隨著第三分隊其他隊員一同回到辦公處。

「對不起！」

一回到熟悉的環境，他再也按捺不住，深深彎下腰向大伙道歉。

但在場沒人領情，應該說也沒那個必要。

「為什麼要道歉？」檀偏過頭，十分不解。

「若不是我的緣故，上官申灼也不會莫名代替我受罰。」

「那是他的選擇不是嗎？」

聽到男孩這麼說，東湛一時之間反而不知道該回些什麼。

「阿申一定是覺得你值得他那樣做，所以你不需要向任何人道歉。」

「欸？可是……」

「不是都說了嗎，這麻煩可是地獄那些人丟過來的。」墨良徹說道，「錯不在你，而且經過此事，我們跟地獄那幫人梁子節大了。」

「你們跟地獄那些人處不好嗎？」東湛問。

「倒也不是，」墨久亦也出聲幫腔，「地獄是特別行政機關，平時與陰間互不干涉，相處也談不上好壞，就只是有時會互相協助的共存關係。」

「沒錯，難道你跟同事下班沒事還會聯絡嗎？」墨良徹又將話接了過來。

東湛想了想……

「打好關係是必要的吧？我看第三分隊成員的關係也不像你說的那樣冷淡？」

「嗚哇，你活人的時候還真是噁心，我通常稱之為偽善。」墨良徹嫌棄地翻了翻白眼，「還有，我跟亦哥是兄弟，不要混為一談！」

「那檀跟茜草又怎麼說？我看他們關係可不差。」東湛堅持辯駁。

「檀是我的前輩，我們除了是搭檔外，還是朋友……對嗎？」

忽然被點到名，茜草顫抖了好大一下，沒有把握地說道。

「是這樣子嗎？」檀只是露出一抹耐人尋味的神祕笑容。

「你剛剛是否認了嗎！」

茜草隨即露出欲哭無淚的受傷表情。

「我可沒那樣說。」檀聳了聳肩，然後話鋒一轉，「雖然我們並不會因為阿申的事責怪你，但他的處境的確不樂觀。」

「咦？什麼意思！」東湛趕緊追問。

「你應該知道的吧，我們前世都並非善人。既然不是善人那就一定曾為惡，經歷過的痛苦並非常人所能想像，而阿申必須要再經歷一次那樣的過程。」

「那……上官申灼會怎麼樣呢？」

東湛有點害怕答案會是自己不想要聽到的結果。

「運氣好的話可以全身而退，這種懲罰通常時間並不長，只要幾個時辰……」

「運氣不好的話又會如何？」東湛一臉緊張地打斷了檀說到一半的話，只追問想知道的，「上官申灼會死嗎？」

「不，」檀語氣沉重地宣布，「他很有可能會被困在記憶裡再也出不去，迷失自我的代價就是永遠沉睡下去。」

對於亡者國度的陰間來說，那恐怕是比死還要可怕的代價。

這同樣也是東湛不想看到的，他當下就下了個重大的決定。

「我必須要去找上官申灼。」

等待的時間彷彿像是一輩子那樣漫長，反正對東湛而言就是有那麼久。

他實在是等不下去了，想要去找上官申灼。

找到之後要怎麼辦他也不知道，總之必須親眼看到他安然無恙不可。

間。

東湛從審判廳的關押房間被帶出來時，曾在途中瞥見幾間用途不名的小房那些房間距離他被關押的房間不遠，如果是在那裡執行上官申灼的懲處，應該可以憑藉著記憶中的路線……

但問題是他現在不是獨自一人，尤其剛發生放跑怨靈事件，要找個理由從其他人眼皮底下溜走實屬不可能。

「放棄吧。」檀連頭都沒抬，目光停在眼前一堆待處理的公文上，「要是你又惹禍上身的話，只會加重阿申身上背負的罪孽。」

「你們怎麼能那麼冷靜啊？」

東湛心急如焚地抓亂頭髮，也不管現在的自己是否有維持美男子的形象。他平時可是比誰都注重門面管理，但已經顧不了那麼多了。

「不是說懲處只需要幾個時辰嗎？現在都快要入夜了。」

「誰說我們很冷靜，陰間的人是不會隨便將情緒表現在臉上的。」

墨良徹無奈地說。

「現在我們只能等待，隊長也不會希望我們擅自行動。」墨久亦隨即接著說道。

「我無法什麼都不做……」東湛的眉頭越皺越緊，「我一定要親眼看到上官申灼沒事，才能放下心來！」

「那你想怎麼做？」檀抬起頭來，將眸光移到東湛的身上。

「我……」東湛被問得答不出來，只能支支吾吾。

「具體的戰術呢？」檀再問。

他沒有咄咄逼人，只是拋出實際的問題。

「找到人之後呢？要是被發現你有辦法全身而退嗎？別忘了那裡可是審判廳。」

「反正到時候就見招拆招！」

東湛故作從容地說，卻無法直視男孩專注的眼神。

「唉，反正就是沒計畫就對了。」檀頭痛地嘆了口氣，知道阻止不了東湛索性放棄，「盡量在宵禁前回來。」

「檀！」其他隊友聞言，紛紛轉過頭不可思議地睜大了眼。

「咦？」東湛自覺無法冷靜，「真的可以嗎，那之後……」

「如果被抓到的話，我們會跟你劃清界線，別高興得太早。」

醜話可說在前頭，既然都出口了，那檀一定會做到。

「別擔心，我很快就回來了！」

得到隊友的許可，東湛隨即匆匆離去。

「我才沒有擔心你呢……」

看著對方漸行漸遠的身影，檀忍不住碎碎念。

「檀，你什麼時候那麼好說話的，就這樣放人離開沒問題嗎？」

茜草仍是一臉不可置信。

「反正再怎麼阻止，東湛還是會去。有些事情實際做了才知道，不是嗎？」

「就算是這樣……」墨良徹並不苟同，「申哥根本不需要那傢伙救，他很強的！」

墨久亦卻說：「別忘了，我們都曾困在前世的夢境裡出不來，或許放東湛去不是個錯誤的決定。他的能力起碼能夠確保隊長全身而退。」

「怎麼連亦哥都這麼說啊……」

「檀，既然你這麼好說話的話，」茜草突然想到，認真地板起面孔，「宿舍廚房的冰箱有一盒高級布丁，我可不可以拿來吃？」

第三分隊的宿舍有共有的廚房以及交誼廳。

他們時常在陽世完成公務後，順道帶一點小東西回去，例如食物。

「不行。」檀一口回絕，絲毫沒有轉圜的餘地。

「那不然櫥櫃裡的……」

「不行就是不行。」

「起碼得等我說完後再拒絕吧。」真是個沒禮貌的孩子。

但這句話，茜草只敢放在心裡腹誹個幾十遍。

「前輩說的話敢不聽？」檀就知道拿這話來回擊。

茜草瞬間戰鬥力歸零，連回擊的餘力都消失殆盡，只喃喃說著：「是，您說得都對。」然後默默回去做事。

東湛混入審判廳的計畫如下。

要進入審判廳就得先在入口處拿到通行證，但他一身警備隊制服實在是太惹人注目了，總不能光明正大從正門口進去。

而且他的判決才剛結束，如果馬上回到審判廳擺明就是圖謀不軌。

他本來是想像上次一樣，混進觀光的旅行團裡。但不知為何今天等了半個時辰，還是一個觀光團都沒有。

再這樣下去，審判廳就要閉館不開放遊客進入了……

這個時候一隻手伸了過來，輕輕地戳了戳東湛的後背。

東湛嚇了一跳，結果目光對上了一個戴著面具的青年。

「尼、尼爾森，你怎麼在這裡！」

尼爾森沒有回答他的問題，只是將頭轉了個方向，對著審判廳入口。

「你不是想要進去嗎？我可以帶你進去喔。」

「咦，你怎麼知道。」

「跟我來吧，還是你想繼續躲在這裡當可疑人士？」

「我才沒有很可疑！」

東湛心慌地大聲駁斥，卻讓他頓時往可疑人士更進一步。

「你沒有一處看起來不可疑的。」青年直白說完後，隨即彆扭地陷入懊悔緒，「我、我剛剛是不是說了什麼不得體的話？請原諒我，我知道現在不是說實話的時候。」

——那就不要說！

東湛雖然有些不滿，但礙於現在頗需要對方的幫助，只是跟隨青年的腳步一同進入了審判廳。

門口的工作人員甚至沒有仔細查看尼爾森的通行證，便放人通過了。

「你為什麼可以自由進出審判廳？」東湛發問。

「因為我們是地獄來的客人。」尼爾森回應。所謂的我們自然是指他還有克勞倫斯，「禮遇客人是基本常識吧。」

眼下總算照著計畫成功混進了審判廳，現在東湛必須想盡辦法甩掉尼爾森去救上官申灼。

雖然有些對不起尼爾森，但青年對他而言是計畫中不應該存在的絆腳石。

東湛語氣生硬地嘗試轉移話題，「尼爾森你不跟克勞倫斯在一起沒關係嗎？我現在想一個人……」快點走開，好嗎。

「人多好辦事啊。」

「我的事不勞你費心，接下來我自己一個人就可以了。」算我求你。

東湛的耐性快要到達極限了。

「那可不行，這是命令，我必須將人帶到。」

「命令，誰的命令？」東湛問。

「當然是大人的命令。」

「那傢伙又有什麼企圖！」東湛對這位似乎大有來頭的客人沒什麼好感。

「是克勞倫斯大人指示我帶你進來的。」

尼爾森停下腳步，一臉疑惑地望著東湛。

雖然戴著面罩，但底下肯定露出了那樣的神情。

「什麼？」那個男子又在打什麼鬼主意？

「你不是要去救那個替你頂罪的人？」

尼爾森忽然左顧右盼，小心謹慎地靠了過來，然後小聲說道。

「你怎麼知道！」東湛驚呼。

「克勞倫斯大人早就預料到了。」

東湛雖然半信半疑，還是跟著尼爾森的腳步走過一道又一道的長廊，踏上通往當初他被關押的小房間的階梯。

當他們抵達審判廳內不知哪一層樓時，那個男子早就等在那裡了。

「克勞倫斯大人，我將人給帶到了。」

「做得好，尼尼。」克勞倫斯大人毫不吝於讚美自家僕人，「把人帶到就去把風吧。別讓不相關的人進來這裡，去去。」金髮男子揮了揮手。

尼爾森只是一動也不動站在原地。

「為什麼還不去？」克勞倫斯挑眉。

「我只是在思考，克勞倫斯大人的長相跟不受歡迎的程度幾乎是呈正比這件事情……」

「快去！」

「是，這就去！」尼爾森匆匆忙忙跑到階梯的另一側實行把風的責任。

「為什麼要幫我？」東湛還是無法信任眼前的金髮男子。

他們曾有過衝突，對方沒道理幫助自己。

「因為我高興。」克勞倫斯一派輕鬆地回答。

「你要救的人就在這間房間裡，雖然我不清楚你打算如何救他，但既然人都到這裡了，一定有辦法吧。」

順著對方伸出的手指，東湛看到了一間門扉緊閉的房間。

「那怨靈……」東湛小心翼翼地提起。

「怨靈的事你不用過問，我可是栽在他身上一次，不會再有第二次。」

東湛聞言頓時鬆了口氣，他對造成怨靈逃脫一事一直過意不去。

「不過呢，我幫你也不是不需要付出代價的。」克勞倫斯把手放在他肩上捏了捏。

東湛一驚，「你想要什麼?!」

「當我的僕人吧。」

克勞倫斯說得很理所當然，以至於東湛以為自己聽錯。

「你不是已經有一個了嗎……」

「尼尼雖然好用，但不是有人這麼說過嗎，僕人是不嫌多的！」

「根本就不會有人那樣說啦！」東湛無法吐槽。

克勞倫斯擺出認真思索的模樣，「我記得好像是某位偉人說的……」

不好意思，你心目中偉人的標準可能跟大家不太一樣。

東湛堅定拒絕，「我不可能當你的僕人。」

「為什麼，我那裡不好嗎？」

這話聽起來就像是告白慘遭拒絕，卻還死纏爛打。

東湛誇張地搖了搖頭，「明明我們之間發生過『這樣那樣』的事啊！」

這話聽上去很是曖昧，但自然指的還是怨靈脫逃一事。

更不用說就是這個人間接導致上官申灼替他頂罪，他對克勞倫斯還是心存芥蒂。

「啊，原來是這件事啊。你當我僕人的話，我就原諒你！」

克勞倫斯驕傲地抬起下巴，眸底深處閃動著自鳴得意的光芒。

——這人到底是多喜歡逢人就要對方當自己的僕人啊！地獄的人都沒有半點正常的邏輯嗎？

「你讓我進來不只是為了說這些吧？而且我可沒有要你原諒我。」

克勞倫斯朝東湛露出一抹別有深意的微笑。

「當然，何況你欠的我還沒討回來。」

「我欠你的？」

「要不是我及時趕上你早就被怨靈吃掉了，還有後來造成怨靈逃脫。現在你去救人我也打算睜隻眼閉隻眼，不付點封口費說不過去啊。」

克勞倫斯竟然當真一項一項細數出來。

克勞倫斯可一點都不糊塗，精明得很。

而東湛不喜歡欠人情，對方顯然也不打算放過任何討回本的機會。

「我知道了啦……」

東湛不禁開始懷疑往後在陰間的人生，是否都要綁著這個人情債，但為了上官申灼只能如此了。

「我不喜歡強迫別人，勞力當然是心甘情願的才好使喚。」

「您高興就好……」

「沒時間了，進去吧，」克勞倫斯拿出大衣裡的懷表。

表上有奇怪的細小指針不斷交錯，看來他的時間跟別人不太一樣。

「有閒雜人等的話我會替你擋下。」

有了克勞倫斯的這句保證，東湛彷彿吃了顆定心丸，在對方的目送下走進了小房間。

東湛的期待沒有落空，一進到房內就看到了坐在椅上的上官申灼。

他高興地快步上前去，卻發現對方緊閉雙眼、眉頭緊鎖，非常痛苦的樣子。

「懲罰還沒有結束，必須讓他醒過來才行……」

東湛嘗試叫了對方數次，卻未得到任何回覆。

上官申灼聽不到他的聲音，顯然還在前世的夢境裡，被逼迫著回憶不願回想起的記憶，他必須要將人帶出來。

一眨眼的瞬間，東湛發現自己身在一處廣大的農田裡。

不遠處有農人辛勤彎腰耕作著，金黃的稻穗隨風起舞。

然而眼前這幅畫面卻讓他有種不自然感，從眼前經過的牛車以及人們身上的服飾判斷，上官申灼的前世顯然是個古人。

「這是哪一個朝代？」

東湛對歷史沒有太多研究，只能猜測上官申灼的前世是個農家子弟。

上官申灼肯定就在這些農夫裡，東湛睜大了眼，仔細地想在辛勤耕作的人群裡找到熟悉的那個人。

這時候遠處有個農人喊了些什麼，只見有一名彎著腰的少年抬起頭來，取下遮陽的草帽。

那是東湛困在墨良徹夢境時，曾經見過的那名少年。

雖然那時的他跟現在眼前這位長得不太一樣，但東湛知道就是同一個人，他們身上有種相符的氣質。

東湛歪頭想了一下，在腦中尋找合適的措辭。

這名少年帶著一種冷靜又不被世俗框架束縛的氣質，明明是跟其他農人做著相同的粗活，但感覺上就不像是一類人。

東湛知道少年就是他要找的人，上官申灼的前世。

「阿生，快去挑水。」

「好。」少年被使喚去打水，應了聲便取了水桶去河邊。

東湛在遠處跟著，不敢隨意靠近。

他怕又像在阿徹的夢境時那樣，直接跟夢主接觸結果導致預想不到的結局。

跟夢主接觸有可能改變夢主過去的記憶，但同時並無法阻止已發生的過去。

而上官申灼的結局又會是如何呢？

小溪距離農田有段距離，少年提了兩桶水倒進農田旁的蓄水塘，又再到溪流去，就這樣來回數趟也不喊累。

倒是東湛在一旁看著都覺得疲累，明明作苦工的不是他。

這就是古人的生活方式，生在不便利時代的人自然早已習慣一切。

少年也是如此，明明腳上那雙草鞋都快磨得見底了，也任勞任怨。

當少年與其他農人在田地裡辛勤勞動的時候，東湛就躲在附近一棵大樹下乘涼，遠遠眺望著眾人忙碌的身影。

湛藍的天空映襯著如茵的綠地，鄰近的山巒滿是生機、綠意盎然，簡直就是一幅美景。

東湛至今還想不出到底上官申灼的前世發生了什麼，導致他遲遲無法從夢境裡醒來……

黃昏將至，農人紛紛打包好生計工具返家。

少年也不例外，隨著父母一同回到了家裡。

「阿生，去洗個手，準備吃飯。」

「好。」

明明是尋常的對話，東湛卻絲毫感受不到親情的溫暖。

雖然每個家庭都有不同的相處模式，但他還是嗅到了一絲難以言喻的疏離。

東湛把這個家裡裡外外繞了遍，雖然還不至於到家徒四壁的程度，但還是可以看出家境大概只夠三餐溫飽。

另外他還注意到一件事，上官申灼的前世，名為徐生的少年是獨生子。

這戶人家乍看下是古代尋常農家百姓，卻罕見的只有一個孩子，怎麼想都必有隱情。

遠遠聽到徐生漸漸靠進的腳步聲，東湛連忙走避到夜色明朗的天幕下，從一處隱蔽的地點，透過屋子的窗戶觀察這一家人吃晚飯的畫面。

徐生似乎跟父母的感情不太好，清冷的眼神總流露出一種落寞的情緒。

「吃飽飯就趕緊休息，明天還有得忙，必須趕在這季結束前完成播種。」餐桌上，父親不苟言笑地說了句，催促妻小吃完後早早就寢。

母親則是一聲不吭地吃著碗裡的菜飯。

「我可不可以不要去田地裡幹活了……」

徐生忽然一臉猶豫，然後低聲開口。

「你說什麼！」父親當即就皺起眉頭怒斥，「不去田裡想做什麼，當乞丐讓人瞧不起嗎！」

「我可以讀書……」徐生不急不徐地說。

雖然在父親耳裡聽來刺耳，但他沒有任何反抗，只是實事求是的態度。

「等考取功名就不用再這樣辛苦幹活。爹跟娘也可以輕鬆一點，該是時候讓你們享清福了……」

「哼，考取功名哪那麼簡單！窮人就該認分點，讀書可不是家家酒，你說考上就會考上，我們可沒有錢讓你進私塾。」父親對此嗤之以鼻。

「我可以去城裡找工作，我知道有家鋪子最近在募集長工，辛苦一點還是可以過得去……」

「不行就是不行！」父親沒有耐心聽完徐生接下來的話，只是冷冷地說，「我不會讓你去讀書，你堅決要去一定會後悔的。」

「父親，我……」

「同樣的話我不會再說第二遍，好自為之吧！」

父親的這番話直接阻斷了少年僅存的希望。

晚餐就在令人不悅的難堪氛圍中結束，而後無人再多說半句話，各自上床就寢。

東湛悄無聲息地走近少年的床榻邊，徐生眼睫緊閉，面容平靜地睡著，嘴角似乎仍透有一絲憂愁。他低下頭，專注地端詳著少年的睡顏。

「這小子睡著的模樣還挺可愛的嘛，不知道上官申灼睡著時是不是也是這樣……糟糕，我剛剛是不是說了什麼奇怪的話？」

東湛猛然回過神來，對自己的內心忽然升起的異樣情緒感到害怕，聳了聳肩，隨即就離開了徐生的房間。

然而東湛才離去的後一秒，徐生便緩緩睜開了眼睛。

徐生想要讀書的心願雖然被家人反對，但他隔天依然早早就到田地裡去幹活。

孩子不敢違抗父母，在這個時代似乎是常見的事情。

「年輕人連這點苦都承受不住，以後也別想出人頭地！」

東湛甚至還察覺到，父親會讓徐生做最粗重的活，嘴上還不停責罵。

「明明你們就是阻礙徐生出人頭地的絆腳石啊……」

東湛不禁搖頭嘆息，覺得徐生此生的命運大概差不多就是如此了。

不論是哪一個朝代，階級制度都很嚴明，窮人如果要想翻身就只剩下考取功名一途。

縱使徐生都照著父親的話做了，還是免不了挨上一頓罵。

雖然在東湛眼裡看來根本只是雞蛋裡挑骨頭。

沒來由的數落過後，父親接著又找各種理由想要修理少年一頓。

母親也只是裝作沒看見似的遠遠待在一旁。

「不是說叫你動作快點嗎？太陽都要下山了！」父親怒氣沖沖地說道，「你這眼神是什麼意思，對我不滿嗎？存心想找麻煩啊！」

「不是的，爹，我沒這個意思……」

徐生想要辯解，但只見父親抄起一旁的樹枝，一下又一下打在少年的身上。

少年不閃也不躲，只是像個木頭人般站在原地，任由父親將自己當成發洩的目標。

「你就想要忤逆我是不是，說啊！」

但徐生只是一個勁搖頭，他知道自己說什麼都不會有人理解。

「好歹也說點什麼啊……」

東湛躲在大老遠的樹叢後目睹這一切，但也只能束手無策在旁乾著急。

這是已經發生的過去，無論他做什麼都對現狀於事無補。

此後的每一天，徐生都過著差不多的日子，在他父母身上始終感受不到親情，全身傷口幾乎沒有完全癒合的一天。

但他從沒喊過一聲痛，只是默默地承受著一切，每天去田裡幹活，然後返家，一日復一日。

夕陽餘暉照射在徐生以及一成不變的泥地上，不遠處有群孩童在嘻笑玩鬧，後頭還有大人叫嚷著要他們跑慢點。

少年轉頭看著，眼裡不禁流露出些許渴望。

那是他沒有的童年，在他的記憶裡，現在與過去幾乎沒什麼變化，他也想像那樣放聲開懷大笑，在雙親的呵護關懷中度過溫暖的童年。

但即便只是在腦海中勾勒出那樣的畫面，他也知道是奢侈了。

這樣的徐生只能在農田幹活之餘，將心靈都寄託在書本上。

他唯一的一本書，是在幫書店老闆跑腿時意外得到的寶物，他很是珍惜。

「你到底要跟著我到什麼時候？」

徐生嘆息一聲，若有所思地緩緩抬起原本低下的頭，轉過身輕聲問。

此時此刻少年背後就只有東湛一人。

後者下意識左顧右盼，發現周圍就只有自己，徐生說話的對象不可能是旁人。

就他跟蹤多日看來，徐生很沉默，只有在必要時才會開口說話，而現在顯然就是那個必要的時刻。

話很少這點倒是跟成為上官申灼後沒什麼變化，東湛一瞬間分心感慨道。

「呃，你是在跟我說話沒錯吧？」東湛愣了愣。

這種情況似曾相識，拜託，不要又來了啊！他忍不住在心中哀嚎。

「你跟蹤我多日，有何意圖？是看上我家錢財？」

儘管這個可能性幾乎為零，但少年也想不出其他被人盯上的理由，他家是單純的農家百姓，更不可能與人結仇。

「當然不是啊！」東湛急忙說，「雖然我無法說明確切的理由，但請你要相信我是沒有惡意的！」

「我不相信你。還有你身上的衣裳是怎麼回事，你是異邦人嗎？」

徐生實在很難信任眼前這個奇裝異服的青年。

「嘛……算是吧。」東湛尷尬地笑了笑。

徐生盯著他看了許久，而後像是決定了什麼撇過頭去。

「我還是不相信你，但認同你對我並無惡意。你如果膽敢對我家人出手，就休怪我無情。」

在邁開步伐之際，少年淡淡說了句。

東湛搔了搔臉頰，一時之間竟無言以對，他果然被當成可疑人物了吧。

めんじゅう　ふくはい

陽奉陰違

第七章

徐生

MENJUUFUKUHAI

「你是從什麼時候注意到我的？」東湛問。

「準確來說是三天前。」徐生冷靜思考後回答。

那不就是他入夢那一天嗎？很好，他根本從一開始就完全曝露自己的行蹤了。

就跟上次進入墨良徹的前世一樣，自以為隱匿得很好，但一切只是他自我感覺良好，事實上狐狸尾巴早就攤在陽光底下了。

東湛不發一語，懊惱地掩面嘆息。

徐生看了看他，也沒打攪他此刻紛亂的思緒，目光兜轉了一圈後回到攤開的書本，專注於《詩經》艱深的詩詞上。

既然事已至此，木也成舟了，他東湛也該來好好瞭解上官申灼被困在這裡的原因。

恐怕是因為心魔束縛住他了，但他的心魔又是來自於哪裡，父母嗎？

「你在看什麼？」東湛又問。

「《詩經》，你也想看？」

「不必了，古人的東西很拗口，我不懂。」東湛二話不說拒絕了，「但這樣好嗎，你的父母不是不讓你接觸這些嗎？」

「沒關係的，只要我考取功名的話，他們就會理解……」

徐生說這句話時有點猶豫，用力握緊了書背。

東湛可不這麼想。

看那對夫妻平時對徐生不理不睬，只有要他幹活時才會像使喚下人般呼來喚去的態度，如果發現徐生不聽話，恐怕又是一陣奚落毒打。

「爹娘對我很好，是他們拉拔我長到這歲數，我該知足了。」

徐生繼續說：「他們對我嚴厲是不想讓我走上歪路，所以現在該是我回報的時候了。」

「……你這番話我真不知道該從何吐槽起。」東湛苦笑兩聲，「就像在愛情中早已沉船的人會欺騙自己，你現在不就是這樣？」

徐生只是不解地偏過頭，「沉船跟欺騙有什麼關係？」

「算了，當我沒說。」

東湛一想到解釋起來得費上多大的心力，立刻打算敷衍帶過。

「我想知道。」徐生想打破砂鍋問到底，板著一張認真的臉孔問。

「你還太小了，」東湛看著少年忍不住失笑，「等你再大些就會明白我說的話。」前提是你能活到那時候。

畢竟東湛之所以會在這裡，就代表上官申灼在前世並不會迎來個好結局。

既然行蹤早已曝光，東湛也不打算躲躲藏藏，乾脆且光明正大將徐生的家當成自己家般來去自如。

即便少年的父母在場，他也絲毫不避諱在附近遊蕩，儼然成為背景的一部分。

這些行為當然都被徐生看在眼裡，讓他對這個奇怪的陌生人更是好奇不已。

先不說對方到底是來自哪個異邦，少年詫異地發現除了自己能夠看到東湛並且交談外，其他人對這名青年視若無睹到像是對方並不存在。

有時候東湛就待在徐生身邊，父母的視線也永遠只會向著他一個人。

徐生終於還是一臉複雜地問了：「你是鬼嗎？」

「如果我說是，你打算怎麼辦呢？」

東湛也沒打算隱瞞，就現實層面來說，他是來自陰間的公務員，當然可以與亡者劃上等號。

徐生愣了愣，畢竟在這之前他並不相信世界上有無法解釋的東西。

但面對這個男子時，卻有種似曾相識的好感，他也說不上來。

「鬼先生叫什麼名字呢？」

「我是東湛。喔對了，我知道你的名字，用不著自我介紹沒關係。」

說起來他還沒讓徐生知道自己的名字，東湛很快地回答，並且又補充了句。

徐生本想張口問下去，想了想決定先閉嘴。

「你是不是一直想知道我來自哪裡？」

徐生點了點頭。

「我來自一個遙遠的國度，那是你所無法觸及的世界。」

這樣解釋應該沒什麼問題吧，東湛暗暗思考著。

「你只要知道我是來幫助你的就好了，我必須幫助你逃離這裡。」

「逃離？」徐生不解地問：「好端端地為什麼要逃，爹娘不會傷害我的，這幾年也沒聽說過有戰爭，在這裡很安全。」

「我也不知道該怎麼解釋，現在也不能跟你說太多。很多事都早已注定好，但即便如此我還是想要幫你，上官申灼。」

「這個人又是誰？」

忽然從對方口中聽見一個新的名字，讓徐生鎖緊了眉頭。

喔，差點忘了。

現在的徐生不會有上官申灼的記憶，徐生是上官申灼的前世，是不同的人。

「啊哈哈，當我沒說吧。」

「東湛先生總是這樣說，別把我當小孩子看待！」

徐生有種被耍的不痛快感。

「那你說說，你今年幾歲了？」

「已是舞勺之年了。」

舞勺之年？印象中指的是介於十三到十五歲之間的男孩。

「我可以不把你當成孩子，但你也別叫我先生了。」

這年紀對東湛而言根本就還是孩子，但他還是這麼說道。

「不行，」徐生異常堅持，「面對比自己年長的人要遵守禮節。」

跟古人相處就是這點麻煩，什麼都要照規矩來，但既然徐生相信他的存在，代表其實他骨子裡並非墨守成規的人。

東湛刻意壓低嗓音，製造出詭譎的氛圍。

「你忘記了嗎？我不是人，既然不是人自然不需要遵守什麼禮節。」

「是這樣嗎……」徐生有些困惑，但看樣子被說服了。

「總之，我接下來跟你說的話，你可以當作是事實，或想當作是我在說夢話都可以。」東湛說。

「我跟你的關係遠比你想像中還要親密，我們是朋友。在很遠很遠的以後，我們將會成為朋友、搭檔之類的關係。」

徐生一臉似懂非懂，這些不切實際的話在他聽來太難以理解了。

「朋友？但是人跟鬼魂要如何成為朋友？」

這小子就愛追根究柢是吧，東湛挑了下眉。

「聽過忘年之交沒有，兩個身分年齡差距甚大的人都能成為朋友，人跟鬼為什麼不行？」

「有道理！」徐生贊同似地點頭。

看來這小子異常好說服啊……

看到少年如此認真將他的話當成一回事，東湛覺得有些有趣，不禁異想天開想著或許有可能改變結局。

那上官申灼又會變得如何？

「很遠很遠的以後是多久呢？」徐生再度發問。

「下輩子吧。」東湛悵然若失地回答。

因為上官申灼在這世死了，他們才會在下一世相遇。

「為什麼東湛會知道下輩子的事情，你是算命師嗎？」

「我才不是那麼厲害的人物，」東湛收拾好心情，正視徐生，「你覺得你下輩子會是怎樣的人？」

「下輩子還要很久以後呢，那麼久之後的事情我壓根沒想過。」

「下輩子的你啊……雖然是個冷淡的人，但卻備受大家敬重，當然我也不例外。」

「東湛，你說的那個人……是那個叫上官的人嗎，但他又與我何關？」

東湛一時啞口無言。

也是，上官申灼有多聰明，眼前的徐生就有多聰慧。

「你是不是瞞著一些我應該知道的事情？」

「……你遲早會知道的。」最後東湛只能這麼說。

他甩了甩頭，決定暫時不去思考會讓他傷透腦筋的事情。

現在的他必須先好好觀察徐生接下來的歷程。

夜晚，徐生依然準時上床就寢。

本該是大家都熟睡了的時間，卻有訪客到來。

徐生的父母早早就在外等著迎接，看來來人似乎不是個簡單的人物。

來者翻身下馬，雖然穿著密不透風的連身斗篷，依然隱約能感覺出強烈的氣場，他還帶著幾個護衛一般的人守在身側。

「這個人是誰啊，鬼鬼祟祟的……」

東湛腦海中閃過幾種猜測，但怎樣都無法跟眼前的人影畫上等號，只好豎起耳朵偷聽他們的對話。

那人跟一票護衛沒有進到屋裡的意思，就著夜晚的寒氣與農村夫妻說幾句話，看樣子並不打算在此逗留。

那個神祕人拉開兜帽的時候，東湛還以為自己會看到一張有些年紀且布滿傷疤的凶惡面孔，可是他錯了。

來人很年輕，皮膚白皙，相貌俊秀，看起來跟徐生差不多年紀，或是再大一些，還不足以稱為成年人。

少年一身逼人的貴氣，看上去就是出自名門世家，是有錢人家的公子哥。

這樣的人是基於什麼理由才會到這種農村？

而且看徐生父母鎮定的樣子，恐怕少年到過這裡不只一兩回了。

東湛迫切地想要知道原因。

「那傢伙過得如何啊。」少年口中的那傢伙很可能指的便是徐生，「你們有沒有照我的指示照三餐打，我要看那小子過得悽慘落魄才開心！」

「小的都依照李珣少爺的指示辦了，一樣都沒少，但最近田地的收成不好，所以……」

徐生的父母面面相覷，父親首先開口道。

「知道了、知道了！」名為李珣的少年不耐地揮揮手打斷，讓身旁的人送上一袋錢幣，「你們只要好好照著我說的做就對了，還有什麼徐生的事情要上報的嗎？」

父親想了想，還是說了。

「徐生想要讀書，說是想考取功名。但還請少爺放心，小的已盡力阻攔，會讓他一輩子都待在這裡做苦力活！」

「哼，擔心？憑他上得了榜嗎。」少年冷笑了一聲，「我可是將軍府嫡出長子，隨隨便便都能讓他落榜。不過是個私生子，還真以為凡事都能順自己的意？」

——私生子?!

東湛感到詫異，原來徐生是將軍的私生子，只是被託給這對夫婦照顧，而他的養父母私底下又跟將軍嫡子有密切的往來。

所以徐生會過得那麼辛苦，都是這叫李珣的傢伙在背後操控？

「將軍那邊……」父親小心翼翼地開口。

「你給我閉嘴！」李珣一臉憤恨地喝斥。

「爹怎麼會知道這雜種的存在。他背叛娘害她抑鬱而終。當我知道這個女人生下孽種的時候，就把她殺了。原本也想殺了徐生，但轉念一想他可以是我將來的樂子。只要看他過得痛苦，我就覺得痛快。」

「徐生將我們當成真正的爹娘，可能已經沒有幼童時的記憶了。」母親立即接口說道。

「是嗎？」

李珣不在意這點小事，留著徐生不過是想讓他受盡折磨，然後再除之而後快。

「總之就按照原計畫進行，有什麼變動隨時上報。別忘了，你們的小命跟徐生綁在一起，我隨時都可以取走。識時務者為俊傑，你們知道該怎麼做。」

徐生的養父母跪在地上，頭低得不能再低。

明明是面對歲數還可能不到他們一半的少年，竟像是遇上什麼可怕的野獸，絲毫不感輕忽，一個勁地猛磕頭頻頻稱是。

李珣轉過視線，看了此刻一片漆黑的屋內，露出富有深意的笑容，一行人便又隨他離去。

東湛皺緊眉頭，聽著養父母的竊竊私語，再結合先前所見，這才發現了隱藏的真相——

徐生的母親出自貧窮人家，也就是徐生養父的妹妹。

面對害死自己妹妹的凶手，男人跟妻子卻只能唯唯諾諾哈腰稱是，李珣每次看到他們，就想狠狠將他們踩在腳下。

不只是徐生，他也不會讓他們好過。

就讓這一家人再過一陣子安逸的生活吧，真正可怕的折磨將會等著他們。

直到李珣一行人的身影漸漸隱沒在黑暗中，連馬蹄聲都聽不見了，徐生的養父母這才敢鬆口氣。

每次對方上門時候，他們一顆心總是七上八下。

畢竟李珣手中掌握的可是他們這些普通百姓不敢想像的強大權力，如果不慎得罪，腦袋恐怕當場就搬家了。

「我們這樣做真的好嗎……」女人忽然一臉猶疑地開口。

跟徐生朝夕相處這麼多年，她早就將孩子視如己出。

有時候她只能趁丈夫不注意，多夾幾塊肉到徐生的碗裡，算是對他的彌補。

「阿生得知的話一定會埋怨我們，他還小，不懂大人的爾虞我詐……」

男人才不在乎妻子的心思，他對徐生絲毫沒有半點憐憫之意。

「反正也不是親生的，還是妳想得罪將軍？我們得罪得不起他們那種人啊。」

「你怎麼能那麼狠心，好歹阿生是你妹妹的孩子啊！」

「好啦，夜深了快點睡覺，明天還要早起幹活呢！」

養父巴不得馬上結束話題。

他們夫婦其實就這件事已經爭辯了不下數十次，但怎樣都勸不動對方。妻子見狀也只能搖搖頭，隨著丈夫進入屋內。

周遭終於只剩下東湛一人了。

情況變得很是複雜，也就是說徐生會變成現在這樣，都與那個將軍之子李珣有關。

照這樣的情勢發展下去，他並不認為李珣會永遠滿足於現狀。

所以徐生此生的結局就要到了嗎？

這可不行。

儘管機率微乎其微，東湛還是想要改變徐生，也就是上官申灼前世悲劇的命運。

翌日，徐生按照平日的作息，照樣早早就隨著父母去田裡辛苦耕作。東湛當然也跟隨在後，他沒有妨礙少年工作，只是默默在旁觀看。

即使徐生看得見他，甚至能與他對話，但他不想要害少年被當作是個對空氣自言自語的瘋子，那樣太糟糕了。

過了一陣子，總算等到徐生打水的空檔，這時候溪邊只會有他一人。

事到如今，東湛打算把昨晚的事情一字不漏告訴徐生，然而話到嘴邊終究是說不出口。

他無法想像少年得知後的反應，要是他就此一蹶不振那該怎麼辦？

他比誰都不想要傷害少年。

東湛的異樣徐生全都看在眼裡，「東湛為什麼如此不安呢？」

「我有嗎？」東湛不怎麼會掩飾心中的焦慮，只好嘗試轉移話題，「你知道將軍這個人嗎？」

「知道，這裡沒人不知道他。」

「那你把知道的事都說出來，我想要了解將軍是位怎樣的大人物？」

「是無人不知、聲名遠播的鎮國將軍，被當今皇上冊封國公並賜予封地，也就是我們腳下踩的這片土地。這人以土皇帝自居，科徵的稅收和勞役相當嚴苛，如果忤逆的話會被羅織各種罪名打入監獄。」

「這根本是反派吧！」東湛不敢置信，「為什麼這樣的人能在這裡作威作福，難道都沒有人舉發他嗎？」

「據說將軍在朝中勢力龐大，就連皇上都要畏懼三分。」徐生聳了聳肩。

「……果然有其父必有其子。」

東湛抿唇，越是知道他們父子倆都不是什麼好東西，他更要幫助徐生逃離。

「總之你現在去收拾包袱，離這裡越遠越好，不然你遲早會惹禍上身！」

應該說麻煩已經找上門來了。

「為什麼？」

「還說為什麼，當然是因為……」

「這裡是我出生的家，除了這裡我還能去哪呢？」

徐生是真心誠摯地發問。

眼看無法再隱瞞下去了，東湛只好心一橫，將自己昨夜偷聽到的真相全盤托出。

「他們根本不是你的親生父母，還聯合李珣虐待你，這樣的理由夠充分了吧?聽我的，你應該捨棄一切，到別處展開新的生活！」

豈知徐生聞言卻一臉平靜，稚嫩的臉龐很是沉穩，沒有任何情緒起伏。

「你不會早就知道了吧？」東湛從他眼裡看出了端倪。

「嗯。」

「既然知道了，為什麼又……」

「我早就知道自己的真實身分了。」徐生說。

「大家都以為我失去幼時的記憶，但我只是怕惹禍上身裝作忘記而已。我也知道李珣是想報復才留我這條小命；爹娘也是迫於淫威虐待我，但我不怨他們。」

想要讀書，想要幫助養父母脫離貧困的生活，想要改日可以做個小生意，但這些都只是徐生的妄想。

他知道只要有同父異母的兄弟在，就不可能實現。

「難道你都不想抵抗自己的命運嗎？」東湛一臉無力地說道。

徐生只是朝著他笑了笑，然後挑起裝滿水的水桶返回田地，也不知道有沒有將東湛的話聽進去。

東湛跟徐生有過這番對話後又過了幾天，少年完全沒有任何動作，生活看似又回歸以往那樣的風平浪靜。

雖然從現代人東湛的眼光來看，徐生無論是外在的生存環境或是心理層面都非常艱辛，但當事人顯然抱持著不一樣的想法，他已經習慣一直以來的生活了。

東湛覺得自己必須改變徐生的生活，但該從何下手呢？

「你不要再看書了。」

除了下田以外的時間，徐生幾乎都花在鑽研學識上。

「不讀書的話，我不知道可以做什麼。」徐生老實說道。

「你可以學習武術啊。不只能強身健體，必要的時候還可以派上用場！」

無意間的一番話讓東湛靈機一動。

「我對那種事不感興趣，」徐生看起來就像他說的那樣興趣缺缺。

「而且我也不認為自己有資質。我之所以識字是書店老闆教的，這樣就已經心滿意足，不敢奢求太多了。」

這話竟是從那個劍術超強的上官申灼前世口中所出？東湛頓時啞口無言。

「你未免太小看自己了。」

「我只是認清本分。」

如果真的全然放棄，徐生也不可能拿起書卷想要考取功名吧，明明也想努力一次看看。

東湛覺得自己應該做點什麼，好激發少年的鬥志。

他看著徐生，腦中有了新的點子。

如果命運真的無法改變的話，那麼至少起碼讓他可以有自保的能力。

季節更替，太陽下山的時間變早，現在只要田裡的農活告一段落，養父母就會叫徐生去附近的山林砍柴，為將至的寒冬做準備。

徐生想帶著書好在來回途中鑽研，雖然距離科舉初試還有大半年，但他一刻都不想浪費。

沒想到原本藏在枕頭底下的書竟不翼而飛了。

徐生翻找了很久，將房間裡裡外外都翻了好幾遍，就是遍尋不著那本《詩經》，此刻他的焦急全寫在臉上。

這時候，他眼角餘光瞄到了一張字條。

他當下就知道字條出自何人之手，立即背起竹簍拿起斧頭，往後山奔去。

徐生時常在那附近撿拾木柴或是砍伐斷木，而他努力工作的時候，那人也會跟在一旁。

果不其然，當徐生趕到時，那個青年已經在等著他了。

「東湛，你為何要拿走我的書？」

「因為我有更好的東西要跟你交換。」

「更好的東西？」

「接著！」東湛拋出手中的物品，少年反射性上前接下。

是一本書冊，但卻不是他原本的書。

徐生看著書皮上的標題，再翻閱內頁，那是一本教授劍術的典籍。

「這不是我的書，把我的書還來！」

「辦不到。」

「什麼？」徐生一陣錯愕。

「我把你的書藏在這片山林的某個地方，只有我知道位置。」

東湛若無其事地展現空空的雙手，證明自己所言不假。

「你為什麼要那麼做！」

徐生無法保持冷靜，眼眸深處罕見地燃起兩簇怒火，看樣子他是真的生氣了。

「因為不這樣做的話，你是不會聽我說話的。」

「你太過分了！」徐生被氣得腦袋一片空白。

「你只要照著這本書磨練自己的劍術，我就把《詩經》還你。」

東湛眼神堅定地注視著少年。

東湛跟隨徐生來過此處林中空地多次，他發覺這裡不只位置隱密，也沒有人煙，是個相當好的練武地點。

而這本劍術書想當然爾也是他從一家倒楣的書店神不知鬼不覺盜走的。

該是時候讓徐生從書呆子蛻變成為一個練武奇才了！

「怎麼可能，我不可能短時間就學得起來的。」

沒了書的徐生深受打擊，說起話來也有氣無力。

「有志者事竟成，打起精神來吧。」

東湛扮演起心靈導師的角色。

「只要學會的話，你就會把書還給我嗎？雖然不可能辦得到……」

「當然！」東湛笑嘻嘻地補充，並伸出小指，「不信的話，要跟我打勾勾嗎？」

徐生終究沒有勾起他的小指，但也算是相信了東湛。

於是少年翻開第一頁，撿起根樹枝充當劍，開始了他的劍術之途。

徐生開始照著東湛的指示練劍。

扣除上午還得要去田裡工作的時間，認真算下來，他們一天只有不到兩個時辰的時間能夠練習。

起初練習的進度異常緩慢，東湛沒有任何劍術基礎，只能讓少年按照書上的步驟一步步學習。

徐生拿著樹枝，照著書上的圖示依樣畫葫蘆地比劃，但還是不盡理想。

東湛能幫上的忙有限，但他忽然想到古裝電視劇裡師父讓弟子學習武術時，總會從基礎訓練開始，無論做任何事都要先打好底子。

所以他讓徐生每日來回跑個幾百圈，然後蹲馬步或是伏地挺身幾百下，首先要先鍛練少年的肌耐力。

而徐生也沒辜負東湛的期待，他從小就是吃苦長大，這些對他來說根本是小菜一疊。

比起使劍，這些對他來說幾乎不成難題。

但徐生還是有一點相當堅持。

「你會把書還給我吧？」

「會啦、會啦，我哪一次欺騙過你。」

「你說把書埋在某個地方，那你還記得確切的位置嗎？」

「我還有做記號呢！」東湛對自己的記憶力相當有自信。

「是什麼記號？」

「我在土堆上放了三顆石子，一眼就能認得出來。」

「前幾日才下過一場雨，你確定石子還在原來的位置嗎？你要再去確認，否則我就不練了！」

「我知道了啦！」東湛不情願地應了聲，跑去當時藏書的地點。

他還特地將書又挖出來確認，幸好有先見之明把書裝在油布袋裡，所以並未因溼氣而受潮。

重新將書埋回去後，他頓時又有了個新點子。

不是有句話是這麼說嗎？工欲善其事，必先利其器。

難怪他總覺得缺了什麼，原來是兵器啊。

他總不能讓徐生拿著根樹枝就上戰場吧，但是要上哪去幫少年弄把劍來呢？

而且還不能是木劍，而是有著銳利鋒芒的真正金屬製品。

不可能去打鐵鋪打一把，畢竟他無法跟記憶中其他的人接觸，而徐生也沒有錢買得起。

如果這裡有他想的「那個」就好了……

東湛回到徐生練劍的空地，他剛結束基礎訓練，正照著書上的招式比劃。

「徐生，我問你，這附近有沒有什麼亂葬崗，或是曾經在哪裡有發生過戰爭？」

「你問這個想要幹嘛？」

「果然沒有嗎。」徐生的表情讓東湛誤會了。

「有是有。」

「咦？」他的眼睛頓時一亮，急忙追問，「在哪裡？快點告訴我！」

「就在這片山林再過去一點的丘陵，之前將軍鎮壓了在那一帶作亂的山賊。雖然滅了山賊的巢穴，但也折損了不少士兵。你到底想做什麼？」徐生滿臉狐疑。

「總之等我的好消息就是了。」

東湛沒給徐生追問下去的機會，興沖沖扔下一句便即刻動身。

如果少年的情報無誤，他鐵定能在那裡找到想要的東西，雖然是二手甚至三手，但聊勝於無嘛。

東湛照著徐生的說法，朝著大致的方位前行。

走出山林後，果不其然看到一片丘陵，然後再往前行，周圍的景色突然變得有些荒涼、寸草不生，來到了像是沙漠般的荒地。

這裡曾經有山賊占據為王，現在卻了無人跡，想想也是令人唏噓。

東湛來到了山賊的巢穴，這裡幾乎什麼都沒有。

沒有任何鎧甲或是武器，就連骷髏都不見半具，異常的乾淨。

看樣子在事發沒多久這裡就被人清理過，那些武器和裝備若不是被將軍府的人沒收，就是被有心人士拿去變賣了。

這是能料到的情況，但東湛還是不免有些失望。

他將山賊巢穴裡裡外外翻遍，原以為能尋到什麼寶物，但還是被現實擊倒了。

「這裡什麼都沒有，看來到時候徐生真的只能拿鋤頭之類的農具應戰了吧……」

東湛頓了一會，再看最後一眼，打算就此打道回府另尋他法。

然而離去的步伐才一跨出去，腳下便傳來異常鬆軟的觸感，隨即整個人摔進一個坑裡。

這個坑不大，深度只到他的腰際，沒能及時察覺是因為坑洞被黃沙給掩埋，才導致他一不小心摔進了坑裡。

不過，他在這個意外的坑洞裡終於找到了想要的東西。

坑裡有幾把刀劍，雖然刀身都被鏽斑腐蝕，但只要磨去這些鐵鏽的話還算堪用。

東湛順利找到一把狀態算是良好的刀，心想著得趕快回去告知徐生這個好消息。

最後，因為東湛的努力，徐生終於從原本手持樹枝換成了有重量的武器。

徐生剛開始有些吃不消，畢竟兵器跟農具的使用方法根本天差地別，他雖然有的是力氣，但卻得從頭學習技術。

技。

為了早日拿回被藏起來的書，徐生日日努力鑽研，希望能快一點提高劍技。

「要想學好東西，就得把自己會的那一樣練到專精。唯有如此，那個技能才是真正屬於你的。」

東湛原意是鼓勵徐生，然而說出口的瞬間卻愣了一下。

他似乎在哪裡聽過這句話，「是在哪裡聽人說過呢……」

「怎麼了？」徐生停下動作，轉頭問。

「沒事，你現該做的就是加緊練習！」

東湛總有種不好的預感，依照他在夢境裡的時間，回憶也差不多該到結局了。

徐生雖然半信半疑，但也依東湛的指示勤勉練習。

在種田以外的時間，他都會到山林與東湛鑽研劍技。

東湛雖然不懂劍術，但依照他看過和演過武俠劇的經驗，還是可以提出不錯的建議。

時光就這樣飛逝，經過了半年的時間，兩人算是建立了不錯的交情，就像他跟上官申灼那樣。

期間徐生多次想要多瞭解東湛，但無論問他什麼問題，青年總是笑而不談，巧妙地迴避。

儘管東湛希望徐生專注眼前的事就好，但他對東湛的好奇有增無減。

這個謎一般的男人，對他而言似乎很重要，徐生自己也說不上來為什麼。

而東湛的憂慮也日漸加深，就在那一天，他最不想面對的結局還是來臨了。

めんじゅう　ふくはい

陽奉陰違

第八章

懲惡

MENJUUFUKUHAI

鎮國將軍長年在外抗敵，這天竟傳回戰死沙場的噩耗。

這個大消息鬧得沸沸揚揚，城裡頓時間風雲變色，全城百姓無不人心惶惶。

驍勇善戰的將軍就這麼死在異鄉，那將軍大人統治的領地日後又會由誰來掌管大局呢？

市井間都謠傳會由嫡長子李珣世襲繼承將軍的位置，但所有人對於那位跋扈的紈褲子弟都沒有什麼好感。

將軍大人尚在的時候，雖然日子不好過，但牙一咬勉強能夠撐得過去，如今換李珣掌權，大家都不敢想像會遭到怎樣悲慘的對待。

「要是讓他上位的話，你還有好日子過嗎？」

東湛在得知這項消息後，再也坐不住了。

「別擔心，既來之則安之。」徐生冷淡地說道。

「那小子不會讓你好過的，他對你可是恨之入骨。還有你的養父母……」

東湛欲言又止，皺起了眉頭，「他不會輕易放過你們的。」

「李珣的目的是想折磨我，所以我們的性命暫時是安全的，直接殺了我們也難解他心頭之恨吧。」

徐生平靜的臉上沒有太多情緒。

東湛不知如何回答，轉而沉默下來。

若真是如此就好了，他總覺得事情沒這麼簡單。

現在就宛如暴風雨前的寧靜，該來的總還是會來。

一切就如大家所預料，將軍之子李珣順理成章地繼承了父親的衣缽，成了新的將軍，同時也是這塊領地的統治者。

然而他卻一反常態，不但減輕了百姓的賦稅，還釋放了在監獄受苦的無辜平民，一時之間所有人都很感謝新任將軍所施的各種恩惠。

不過這波和樂的氣氛只持續了七日，將軍府又頒布了一道新命令。

說是為了要減少國庫的開銷，要實施「清除貧戶」的計畫。

不用說，始作俑者當然是新上任的李珣。

領地內的貧戶被抽籤分成三個梯次，依序放進狩獵場，任由將軍及其親信恣意獵殺，如果能撐過一天一夜將會獲得赦免。

誰都曉得無人能僥倖存活，被丟進狩獵場的人只有死路一條。

徐生的養父母被安排在第一梯次。

想也知道肯定是李珣暗中搞鬼，他現在已經是大權在握的新任將軍了，翻手為雲、覆手為雨。

李珣知道徐生的養父母縱使再苛待他，也是拉拔養育他，唯二尚在人世的親人。

為了要在殺死徐生前加倍折磨他的心智，才會使出這一招。

任誰都知道李珣滿肚子壞水，平常正經事也沒做幾件，這次提出的清除貧戶計畫也是打著為國庫著想的冠冕堂皇旗號，本質上不過是視人命如草芥地取樂。

「徐生！」東湛恨得咬牙切齒，卻也無奈。

被暴君當作可割可棄的玩物，是古代百姓的悲哀。

東湛從市井耳聞這個消息後，趕緊去與徐生會合。

當東湛找到少年時，他正與養父母爭執不下。

他想讓他們趁夜逃走，無奈兩老就是不願答應。

「快點逃吧，再不走就是死路一逃，將軍很快就會派人過來了！」

徐生苦苦哀求。

「能逃去哪裡？你自己也說將軍就快派人過來了，若是被發現逃跑的話，下場只怕會更慘！」

父親依然是那個倔強的脾氣。

「為什麼要這樣對待我們……不是說好，只要幫他對付阿生的話……」

母親則是一臉哀戚地哭哭啼啼。

「你、你在胡說什麼啊！」養父趕緊打斷妻子的話。

或許是死到臨頭了，養母再也管不了那麼多，一股腦地喊道：「事已至此，阿生有權利知道一切真相，你想瞞到何時啊！」

「妳這個瘋女人……」養父的臉一陣青一陣白，為之氣結。

「阿生，聽好了。我們其實是你的舅舅跟舅媽，你是鎮國將軍的私生子。李珣一直想要借我們之手折磨你，以消心頭之恨。」

養母情緒激動地一口氣說完，話語中是對徐生滿滿的不捨。

「我都知道，只是一直假裝失憶。」徐生冷靜地回答

「既然知道那為什麼不反抗，總是逆來順受？」

養父質問道。他對徐生這個孩子，情感總是特別複雜。

「因為你們是我爹娘。」徐生說道。

「你這孩子，怎麼那麼傻啊……」

這些事情他們還是頭一次聽徐生提起，養母不由得潸然淚下，覺得實在是

虧欠這孩子太多了。

「別說這個了，逃命要緊，快點走！」

徐生拿出收拾好的包袱塞給父母。

「我們不能走。」養母只是搖了搖頭，語氣有些茫然。

「又能逃到哪去呢?李珣怎麼可能輕易放過我們。」

「就是今天了吧，橫豎都難逃一死。如果還有來生，就不要做人了吧，做人多苦，一輩子都得看人臉色。」

養父也接著說道。

「不要放棄啊！不到最後關頭不要輕易定下自己的生死！」

看父母如此消極的模樣，徐生一反常態，自己也慌了手腳。

兩老只是低垂著頭，一發不語。

「拜託……求求你們！」

徐生不想要看見父母這樣，他們是自己僅存的親人。

失去了他們，他不知道自己還能憑著什麼過活。

東湛忽然驚覺有人靠近，趕緊向少年示警，「有人來了！」

是三個一身兵戎裝備的男人，必然是將軍派來抓人的士兵。

徐生見狀心涼了半截，臉色瞬間慘白。

士兵隨即把他們團團包圍，看都沒看少年一眼，就把老夫婦給帶走了。

「不要，求求你們！」任憑徐生如何哭喊，士兵都無動於衷。

少年只能眼睜睜看著自己的父母被帶走。

「徐生，你還好嗎……」

東湛擔心地在一旁看著跪在地上，緊握雙手渾身顫抖的少年。

他很想為徐生做些什麼，但這些都是上官申灼前世已經發生的既定事實，根本束手無策。

徐生抬起頭來，滿臉悲憤地咬緊牙關，「我一定要殺了李珣！」

徐生說著就衝進房裡，抄起東湛給他的劍。

「你冷靜一點！這樣魯莽只是去送死，白白賠上自己的性命！」東湛急忙攔阻。

「那你說我該怎麼辦？就這樣眼睜睜看著爹和娘被殺嗎！」

「我、我也不知道……」

此刻東湛的心緒跟徐生一樣混亂，他是生活在和平世界的現代人，哪懂得該怎麼做。

他只能想著總之要先保住徐生，其餘的管不了那麼多了……

「爹和娘是因我而死，若不是我，他們也不會被帶走。是我害死了爹娘……」

徐生深陷懊悔不可自拔。

東湛只能保持沉默，但他明白，這恐怕就是將上官申灼困在前世夢境裡的心魔。

原來上官申灼一直都覺得是自己害死了父母，這就是他曾經說加入警備隊是為了贖罪的理由嗎⋯⋯

「不是你的錯，別太自責了⋯⋯」

東湛沉默良久，只能硬擠出膚淺的安慰話語。

「不，就是這樣。」徐生眼神空洞，喃喃自語，「只要沒有李珣的話⋯⋯」

儘管東湛不斷試圖扭轉，但一切仍依照上官申灼過往的記憶不斷進行。

第一次的屠殺就這樣無聲地宣告結束。

徐生的養父母當然再也沒有回來了，三人的匆匆一別只徒增少年心裡更多的遺憾。

隔天早上，新的狩獵名單便張貼在人聲鼎沸的集市布告欄，徐生的名字也在上頭。

想來也是意料之內。

以李珣的行事作風，既然已經殺了徐生的父母，當然想立即除掉這個眼中釘。

不過李珣這步棋正好正中徐生下懷，少年早已有打算了。

徐生認真打磨起東湛找來的劍，他打算要趁狩獵時除去李珣。

李珣與其黨徒並沒有禁止被選中的百姓自帶防身的道具。

一般老百姓不是種田的農戶，就是有勇無謀的莽夫，就算持有武器，在李珣眼裡也不過是無用的垂死掙扎罷了。

但徐生就是看準了這點，決定要反過來利用李珣的自負，在狩獵場發動突襲，取下對方的首級。

「事情真能這麼順利嗎？」

看著積極進行準備的徐生，東湛捫心自問。

他只是個局外人，甚至不知道少年此刻決定復仇究竟是過去的記憶，或者是他強行干涉夢境所導致的結果。

徐生死後成為警備隊的上官申灼已經是既存的事實，換句話說，無論現在到達結局的過程如何改變，也無法扭轉宿命。

這樣一來，東湛又該如何破除上官申灼的心魔？

「我知道你很氣憤，但保住自己的命要緊……」

東湛想不出辦法，只能反射性地試圖勸說徐生。

「不是你要我做好準備的嗎？說是要有自保能力。終於到這一刻了，為什麼反而是東湛你退縮了呢。」

徐生的眼睛一眨也不眨，直直盯著東湛瞧，他已不再是那個總是逆來順受的小孩子，身上帶著肅殺之氣。

「我只是希望你能好好的……」

就只是這樣？不要說徐生不會信服，連東湛自己都快要聽不下去了。

「只要有李珣在，就不可能有那一天。」

簡單的一句話，已經充分表達了徐生的決心。

東湛明白他無法阻止少年的行動，只能看著他一聲不吭地磨著手中的刀。

第二輪獵殺開始前的一個時辰，同樣由士兵前來將徐生帶走。

少年沒有反抗，只是帶著劍沉默地跟隨士兵前往目的地。

士兵見多了絕望哭喊或是奮力抵抗到最後一刻的人，沒有人像徐生一樣完全放棄掙扎，彷彿已經失去求生的意志。

東湛只好跟上前去，心想或許自己的能力多少可以成為少年的助力。

徐生跟東湛混在被選中的人群當中，被關進狩獵場內。

周圍的人清一色都是老弱婦孺，幾乎沒有壯丁，這些人幾乎病的病、殘的殘，根本不可能有抵抗的能力，開始後用不著一個時辰就都會死在將軍手上。

雖然不忍，但憑徐生的力量眼下他只能自保，無暇顧上其他人。

狩獵場前方有處看臺，李珣在那裡以居高臨下的姿態俯視這些待宰的獵物，準備盡情享受屠殺的樂趣。

「咚、咚。」

代表狩獵開始的鼓聲響起，沉重且宏亮的鼓聲響徹整個狩獵場。

李珣冷酷無情的臉上漸漸浮現深沉的殺意。

其他人聽聞鼓聲立即鳥獸散，希望至少能躲過第一波攻擊。

「李珣！」徐生一動也不動，遙望看臺上那個同父異母的兄弟。

李珣也與他四目交接，眼神中帶有強烈的憎惡。

狩獵者沒有即刻動作，而是一派悠閒自得地欣賞人們逃命的狼狽模樣。

李珣將視線轉回四處逃竄的獵物上頭，完全沒把徐生看在眼裡。

「徐生！狩獵開始了，趕緊移動吧！」

東湛出聲叫喚才讓徐生從憤怒中清醒過來。

他點了點頭，隨著東湛邁開腳步。

所謂的狩獵場是一處將軍騎馬練劍或是狩獵獸類的山林，人們可以利用大樹或草叢等遮蔽物躲藏。

另一方面，狩獵場裡還有為了捕捉獸類而設下的陷阱。

人們必須在躲避李珣與其黨徒狩獵的同時，也要留意腳下的各種陷阱，因而大大增加了生存的難度……

「啊——」

不遠處有人發出淒厲的慘叫，甚至驚動了林中的鳥類。

徐生趕緊往聲源的方向看去，只見有個老人恐怕是不小心觸發了機關，隨即被一塊巨木從天而降砸破了腦袋。

頓時滿地鮮血四濺，場面怵目驚心。

徐生第一次見到如此殘暴而直接的場面，當即吐了一地。

他不是東湛認識的那個總是能無情斬殺妖魔鬼怪的上官申灼，而是從沒見過人殺人的農村少年。

「不要緊吧？」東湛輕拍少年瘦弱的背脊。

「為什麼……」徐生因驚嚇過度仍耳鳴不止，「為什麼李珣能夠那麼輕易便殺人呢？如果我殺了李珣，是不是代表我跟他是一樣的人呢？」

他真的有辦法像剛才目擊的慘狀那樣，殺了李珣把他開腸剖肚嗎？

「這個問題的答案恐怕只有你自己知道，眼下能做的就是盡力達成能力所及之事。」

東湛不禁對於上官申灼前世經歷的這些痛苦感到鼻酸不已。

接下來徐生總算重新集中注意力，但心情還是不免沉重。

他無法狠下心來棄他人於不顧，縱使不過是萍水相逢的陌生人。

他在前進的同時，好幾次都將較好藏匿的地點拱手讓人，還會提醒他人腳下或是頭上有陷阱。

即便如此，慘叫聲還是不絕於耳。

遠處再度傳來鼓聲，李珣及其黨羽開始狩獵了。

「徐生，你看這裡有個洞窟。躲在這裡的話，應該可以撐過夜晚。」

東湛忽然有了新發現

徐生順著看了一眼，卻搖了搖頭。

「這個位置背對著看臺，雖然能抵禦李珣的攻擊，但卻無法主動出擊。」

所謂的洞窟其實也只是岩壁上約一人寬度的凹洞，徐生決定也將這裡讓給其他逃命的人，若是有人發現這裡是再好不過了。

「好吧……」東湛自討沒趣地咂舌。

兩人繼續深入山林，好幾次都迷路碰壁，只得折返重新找別的路線。

幸運的是，他們沒有碰上任何足以致命的陷阱。

或許也不單單只是運氣，因為在他們來到此處之前，大部分肉眼可見的機關都已經被觸發了。

期間不時能聽到各處傳來的慘叫聲。

或許是已經逐漸習慣，就算眼前所見屍橫遍野，徐生也已經麻木了。

兩人又默默走了一段時間，直到徐生的驚叫聲打破了寂靜。

少年有些疲乏了，單薄的身影頂著夕陽餘暉，一時不察竟踩進地上的坑洞陷阱裡。

「啊！」徐生趕緊抓住洞的邊緣，不讓自己往下墜，以危險的姿勢懸掛其上。

他腳下插滿一根根尖端無比鋒利的木樁，要是掉下去絕對比萬箭穿心還要痛苦個上百倍。

「我來救你了！」東湛趕緊伸出手將徐生拉上來。

為了避免其他人也誤中陷阱，東湛迅速地以雙手挖起一堆堆的土，努力想將洞填平。

驚魂未定的徐生看著東湛俐落的動作，這才意識到他一直以來忽略的事情。

「東湛，你可以觸碰到我以及物品，但無法接觸到我以外的人，對不對！」

明明東湛就是最大的幫手，他怎麼會忘了呢？

「是這樣沒錯啦……」東湛被激動的徐生嚇得摸不著頭緒。

「那可以請你去當誘餌嗎?」徐生緊接著提出要求。

「可是李珣他們看不到我?」

而且東湛也不確定自己在這個前世的夢境能發揮多大的影響力。

「就是看不到才好。敵人看不到你,但你卻可以混淆視聽,就連《孫子兵法》都沒有此招!」

「你是不是想到了什麼方法?」

徐生的眼神突然變得格外認真,他不由分說抓住東湛的手,一字一字揭露他的絕佳妙計。

「聲東擊西。」

徐生想到的辦法是,既然李珣他們看不到東湛,而東湛又能觸碰這裡的物品,就由他製造聲音讓一干黨徒誤以為有獵物出現,讓他們疲於奔命。

等到他們的箭矢都用盡了,也因為連夜狩獵累癱了,徐生再現身來個出奇不意的奇襲，肯定能反敗為勝。

此刻天色漸漸由紅轉深，夜幕降臨了。

隨著好幾波攻勢過去，現在幾乎聽不到慘叫，只能偶聞零碎的腳步或是草叢窸窣晃動的聲響，徐生只能相信這些是人們僅存的最後希望。

只要天一亮曙光探出頭來，這些人就能獲得赦免，用不著再與絕望為伍。

看臺點燃了火把，但光線的照射範圍只有臺上以及前方空地，照不進幽暗的林中。

李珣仍瞇著眼尋找著獵物。

既然看不到那就聽音辨位，只要出現可疑的聲音，二話不說便直接朝該處放箭。

夜晚寂靜的樹林不但會放大周圍的聲音，也會放大人們內心的恐懼。

只要有一點點風吹草動，東湛就忍不住左顧右盼。

他壓低音量回應徐生，縱使除了少年其他人根本聽不見。

「辦不到的啦，我沒有你想的那麼厲害。」

「為什麼？」徐生偏過頭，真心感到不解。

——你是不是忘了什麼重要的事情！

「我可以移動物品，就代表物體是會對我造成影響的。」

不過他本來就已經是死人了，又是在記憶的夢境裡，被射中的話還會再死一次嗎……

「我不會讓李珣傷害到東湛的。」徐生堅定地說道。

「真的會嗎？你真的會保護我嗎？」

儘管如此東湛還是臉色蒼白地再三確認。

「別擔心，我會跟在你身邊。等待時機成熟便出擊。」

少年此刻堅定的語氣，讓東湛不禁想起他所認識的上官申灼。

「我明白了，按照你的計畫行動吧！」

就算害怕，但他豈有不相信搭檔的道理。

就在這時，看臺上有人說話了，音量大到足以迴響整個林子，是李珣。

「現在已經入夜了，晚上林子裡可是會有野獸出沒呢。現在出來的話老子可以大發慈悲饒你們不死。」

東湛和徐生聞言對視了一眼，心知肚明這當然是場要誘騙剩下的人上鉤的騙局。

林子裡一片靜悄悄，大家都好好地躲了起來，沒有人因為李珣的話而動搖。

這樣正合徐生和東湛的意，他們極有默契地點了點頭，起身朝看臺的方向前進。

徐生放輕腳步走著，東湛則走在前頭不遠處，刻意製造不小的腳步聲。

一隻箭立刻射過來，準確無比地插在東湛前一刻站立的位置。

「哈哈，被我騙了吧！」李珣很是志得意滿，「我要將你們這些害蟲一網打盡！」

不用說，空氣中當然沒有任何反應。

明明那支箭應該射中了目標，卻沒有他期待聽到的慘叫聲。

他不信邪，迅速抽出下支箭搭上弓再射一發，然而結果還是一樣。

「什麼？」

李珣覺得很是困惑，不可能有人連中兩支箭卻能毫髮無傷，更遑論原本就虛弱不堪的平民百姓。

東湛接著又往反方向跑，誇張地抬高腳撥動周圍的草木，草叢因而搖晃得特別厲害。

李珣見狀趕緊轉移目標，但仍然沒有射中物體的感覺。

「到底是怎麼回事？」

看著李珣驚慌失措的模樣，東湛暗自覺得好笑。

他彎下腰拾起幾個小石頭，依序朝各個方向丟出，營造出好像有很多人的錯覺，自己則躲得遠遠的隔岸觀火。

「你們還在等什麼，快點殺了他們啊！」

李珣不耐地催促身旁的親信。

他們也趕緊搭起弓，朝著可能有人的暗處發起猛攻。

霎時間天空降下一陣箭雨，而東湛也持續扔出石頭，誘導他們持續放箭。

李珣跟他的同伙中了計，朝著一片黑暗不斷放箭。

就這樣對峙了好一陣子，大量的箭矢全都被消耗殆盡。

「如何？都死光了嗎？」李珣大口喘著氣。

然而無人回應他的問題，眼前仍只有一片伸手不見五指的黑暗。

「你，快點給我下去察看情況！」李珣粗魯地拽過一個士兵。

士兵唯唯諾諾地應聲，趕緊拿了火把跑下看臺。

徐生見狀將自己的身影完美地融進暗處。

被火把照射到的範圍，不但沒有屍體甚至連血跡都沒有，只有大量箭矢的殘骸散落一地。

「這是不可能的。你們這群廢物，連這點小事都幹不好！算了，我親自去瞧瞧。」

像李珣那樣心高氣傲的人，當然不會承認自己吃了悶虧。

他丟下弓弩，拿起自己的配劍，領著一群人浩浩蕩蕩走下看臺。

結果現場就如同那個小士兵所說的，什麼都沒有，只有一地的箭矢。

「該死的，竟敢耍我！」李珣氣壞了，當下就將劍出鞘。

他想要直奔林內，把剩餘的人全都斬首才能洩他心頭之恨。

親信見狀立即上前阻止。

深夜裡視線不清，什麼事都有可能發生，他們還得靠這個新上任的將軍酒池肉林，若是對方有個什麼萬一就無福可享了。

「你們在怕什麼，這群膽小鬼！」李珣罵道。

「大人，為了您的安全還是……」

李珣的氣焰更加高漲，「再廢話就把你們全都殺了！」

所有嘍囉見狀立刻識趣地閉上嘴。

「沒想到你們竟然自己人先起內鬨。」

徐生按捺不住，從暗處來到火光下，他的神情看來異常冷靜。

「徐生，別去！」

東湛小小聲地從遠方叫喚，希望能阻止少年魯莽的行動，但已經來不及了。

「就是你這小子耍的花招是吧？沒想到你竟然還沒死。」

李珣見到徐生出現一點也不意外，應該說，他是如此渴望，迫不急待想要親手殺了他。

「我怎麼可能會比你先死呢？」

徐生的動機相當明顯，但李珣還是想看看他有多大的能耐。

畢竟期待已久的獵物那麼輕易便死掉也太無趣了。

「話別說得太滿，我看你連我的人都打不過呢！」

他眼神一撇，親信紛紛拔刀對著少年。

隨即幾人持刀上前砍去，刀刀狠戾不留活口。

但徐生是有備而來的，他這半年來埋頭苦學，實力早已大有長進。

少年身手俐落地將殺到面前的攻勢各個擊破，然後反殺回去。

他每一記攻擊都直擊要害，很快李珣的親信便紛紛倒地。

「接下來換你了。」徐生的目光轉向李珣。

李珣露出似笑非笑的表情，剩下的部下見狀正要圍上前去，卻被他伸手擋下。

「好啊，我就看看你的能耐。」

兩人的對決很快地展開，一時間刀光劍影。

李珣不塊是惡棍之首，他的劍法很是靈活，刁鑽且陰險。

徐生雖然沒有那麼多技巧，但靠著苦練也有些實力，無論李珣的攻勢如何出奇不意，他都能及時擋下。

兩人幾回來往，竟無法在短時間內分出高下。

李珣見狀決定求險招，先是一劍直攻腦門，然後再劈向背骨。

這招式看起來毫無章法，而且會使得自己毫無防備，但確實對徐生起了作用。

徐生被逼得節節敗退，連連後退了好幾步。

「怎麼了，這樣就不行了嗎？不是說要殺了我嗎，來啊！」

徐生只是勾起嘴角，看準李珣露出的空隙趁虛而入，將劍鋒對準門戶大開的腹部狠狠劃過。

「啊！」李珣痛呼了一聲，表情猙獰地看著自己身上不斷湧出的鮮血。

「你這該死的傢伙，你以為我會放過你嗎！」

他摀著腹部，一把丟下配劍，憤怒到青筋暴起。

然後在李珣一聲令下，部下們紛紛圍上猛攻。

李珣看似要與他一對一公平決鬥，其實早就打好了如意算盤。

徐生終究是寡不敵眾，不到幾分鐘便敗下陣來，全身上下都是令人觸目驚心的傷口。

「徐生！」

東湛趕到時已為時已晚，只能面對少年的靈魂跟隨著肉體即將消亡的事實。

徐生面色蒼白倒在血泊中，看似就要死絕。

「我還沒有……幫爹娘報仇……」

他拚著最後一口氣，努力站了起來，他不甘心就這麼結束短暫的一生。

「夠了，徐生！不要再想著報仇，再這樣下去你會因此萬劫不復的！」

東湛只能焦急地在旁哭喊，卻也無能為力。

夢境裡徐生就這麼死去的話，他又該怎麼解開上官申灼的心魔？

「既然這麼愛你的家人，就乖乖下去陪他們吧！」

李珣冷笑著一拐一拐地靠近，提起劍狠狠朝少年刺了下去。

「我不會放過你的……」

徐生忍著痛楚，發出咬牙切齒的悶哼聲，依然努力站著沒有倒下。

「你別再過來了，聽到沒有！」

李珣見狀想再刺一刀，卻被徐生一個橫砍把手中的劍擊飛了出去。

武器在空中旋轉了幾圈，落在不遠處，這讓他氣惱極了。

「你這樣的區區螻蟻之輩總是擋在我面前，快點從這世上消失吧！」

徐生嘴裡再度嘔出了大量的鮮血，眼神開始渙散無神，快要支撐不住了。

他已無力再抓握劍柄，只能任其滑落在地。

然後拖著殘破不堪的身體，死命地抓住李珣那身上等的鎧甲，使勁讓上頭沾上他的血手印。

「我即便做了鬼，下到地獄去，也不會放過你！」

「都、都這時候了，還想逞強嗎……」

李珣被對方的氣勢給震懾，不禁流露出膽怯的神情。

「我要用我最後一口氣詛咒你不得好死，咒你的靈魂下到地獄最底層，生生世世永遠無法解脫！」

徐生滿懷恨意地怒吼。

他知道自己大限將至，含恨嚥下了最後一口氣。

「這到底算什麼啊……」

東湛恨透自己的無能為力。

到頭來他什麼都改變不了，一切不過是他一廂情願。

「徐生，你聽著，如果你還能聽見我說的話。」

東湛知道這麼做不過是在白費力氣，但他就是想這麼做。

「刑務警備隊。聽好了，我會在那裡等你。」

東湛對著少年的屍體輕聲說道，他的心情還是難以平復。

李珣的結局他沒有看得很完整。

就在徐生死後沒多久，少年將軍的荒唐事蹟傳到了皇上耳中。朝中另一派人馬早就想除掉以將軍為首的閥派，於是動作迅速地派兵前來，把將軍一干人等捉拿歸案，全都判了斬立決。

這些繁複的程序全都在幾天之內完成，不但是為了殺雞儆猴，也是為了平息眾怒。

「放開我，你們知道我是誰嗎！」

「都已經死到臨頭了，還嘴硬？」

領命前來捉拿逆賊的官員將李珣五花大綁拖上囚車，但他怎麼可能乖乖就範。

「老子可是官拜鎮國將軍啊，敢動我是不是不想要人頭了啊！」

「你還是顧好你自己吧。我們就是領皇命前來捉拿逆賊一伙。」

「怎麼會……」

「你們做的荒唐事讓皇上大為震怒。要贖罪便去跟閻羅王求情吧。」

劊子手將大刀高舉過頭。

手起刀落，李珣就在撕心裂肺的吼叫聲中了結一生。

此時場景驀然轉換。

徐生在死後靈魂下到了陰間，來到了閻羅王面前。

「你犯下殺生之罪，身上背負著人命是要打入地獄的，你可有異議？」

閻羅王這一問，是想得知靈魂是否有悔意。

「我不能去地獄。」徐生只是靜靜地回覆，「我必須要找到那個人。」

如果他跟我說的是真話，那他就一定在這裡。

「你想找的人很可能已經不在這裡了。」

會留在陰間這裡的，無非都是背負著某些緣由的人。

「他曾經跟我說過這裡的事，有個叫刑務警備隊的地方。」

徐生主動提起。

雖然那是死亡前意識即將消逝之際，但東湛的一字一句他都聽到了。

閻羅王好奇地挑眉，「找到人的話你想怎麼做？」

「我想親自跟他道謝。我死得太倉促，有很多話來不及說。」

「你知道那裡是個怎麼樣的地方嗎？你執意如此，絕不後悔？」

閻羅王再三確認少年的決心。

「是的，絕不後悔。」

「好吧，那就如你所願，讓你進入刑務警備隊，彌補犯下的罪行。你必須償還兩世的刑期。」

判決拍板定案。

東湛見狀啞口無言。

他以為上官申灼的心魔是害死父母的仇恨，然而真相卻是他一直在尋找著某個人，那個人便是自己。

原來他們的緣分早在那時候就已經開始了。

上官申灼醒了過來。

他想起前世與東湛的回憶，破除了心魔，懲處到此終於結束了。

當年，成為陰間刑務警備隊隊員的上官申灼，依規定被消除了前世的記憶，連帶也忘記了與東湛的約定。

在很久很久的以後，直到經手水鬼在陽世鬧事的事件時，他看到眼前的紅髮青年，心頭才湧上難以解釋的懷念。

而在回復記憶的此刻，他全都想起來了，來自於未來的東湛終於與他在約定之處相見，再續前緣成為搭檔。

逃到陽世的怨靈在那之後消失無蹤，就像從世界上蒸發了一樣。

幾個月來陽世風平浪靜，人們很快便恢復往日的平靜生活；陰間的運作也重回軌道。

但東湛總隱約覺得，這只是風暴來襲之前的寧靜。

「地獄的人不是說要把怨靈逮捕歸案嗎，現在的進度呢？」

這天的巡邏時間，東湛跟上官申灼抱怨道。

克勞倫斯似乎又接到地獄那邊指派的新任務，來不及處理這個案件就又趕著去下個地方了，他在地獄似乎是炙手可熱的大紅人。

「地獄有組成特別搜查小組，我們只需要支援就可以了。你累的話可以先回去，巡邏交給我就行了。」

自從上官申灼回復前世的記憶後，對東湛的態度有了一百八十度的轉變，不再像以往那樣冷冰冰的。

不但變得溫柔許多，還總是特別關照東湛的需求。

但東湛就是討厭自己成為受上官申灼特別待遇的人。

再者，他還是喜歡以前那個不苟言笑，嚴厲的上官申灼。

「你是不是想搶走我的功勞？」

「不是，我只是怕你太過勞累……」

「我們又不是人，這種事情根本不成什麼大事吧。」

「東湛，你最近是不是因為我的緣故有點煩躁？」

「對，就是因為你！你不能恢復成以前那個樣子嗎？」

上官申灼依舊面無表情，「我一直都是這個樣子。」

「才不！」東湛立即吐槽回去，「我知道你是想起前世的事情才會對我那麼好，但是真的令人很不習慣，你以前不都是這個樣子嗎！」

他隨即擺出鬼臉，把臉弄得異常詭異，還把眼睛吊得老高。

「我對你好，只是因為你是我的搭檔。」

上官申灼毫不猶豫地回應。

「真的嗎？」東湛才不信。

他們就這樣邊走邊拌嘴回到第三分隊辦公處。

才剛打開門，就見其他人已經做完分內工作正在休憩。

「你怎麼了啊，臉色很難看耶？」

檀首先注意到東湛的異狀。

「……救救我，我需要換一個搭檔。」

此刻的東湛眼神死到不能再死。

事情終於落幕後，東湛又恢復往常的公務員生活。

雖然隊員們總是打打鬧鬧，但他並不討厭這樣的日子。

然而這幾天，他卻突然覺得有些心神不寧，記憶老是斷片，想不起某些事，就連行事風格也改變很多，甚至會因為一些小到不行的小事大發脾氣。

就像是體內住著另一個易怒的人，要把內心囤積的怒氣隨時發洩出去。

東湛來到食堂盛滿一盤食物，想要好好坐下來品嘗。

這時小盂出現了，語氣歡快地向他打招呼。

他也不知怎麼回事，看到對方出現心中便升起一股厭惡感，於是只是點點頭，低頭吃著盤中的食物。

小孟沒有察覺到東湛身上的低氣壓，擅自坐到旁邊的位置，一股腦地分享最近發生的事情，但東湛只是冷淡地繼續吃自己的飯。

「我在跟你說話，有聽見嗎？」

小孟起了想捉弄東湛的心，伸出筷子想要夾對方盤子裡的食物，不料還沒達成目的就先一步被識破了。

東湛瞬間就攫住他的手腕，瞪了過來，「你要幹嘛？」

「誰叫你都不理我。」小孟孩子氣地嘟起了嘴。

「我才想問你，我跟你有很熟嗎？擅自來跟別人套交情，也未免太厚臉皮了吧。」

「竟然說我厚臉皮……你以前從來沒說過這樣的話。」

小孟奇怪地瞧了瞧對方。

「以前沒說過，不代表我從來沒這樣想過。」

小孟可以清楚感受到對方發出的殺意，他想把手抽回來，但東湛依然抓得死緊，令他感受到一股莫名的威脅，「可以把手放開了嗎！」

東湛這時才終於鬆了手。

「你是哪根筋不對勁啊……」

直到現在，小孟還是不敢置信東湛會用這樣的口氣跟他說話。

「沒事的話，你可以走了。」東湛毫不留情地下了逐客令。

這樣的摩擦變得越來越頻繁了。

連東湛自己也搞不清楚是怎麼回事，他既覺得有些抱歉，卻又覺得沒什麼不對勁。

有時候他就是沒來由地想要發脾氣，而且發脾氣的對象幾乎不設限，也因此得罪了不少人。

他到底是怎麼了？

這天夜晚東湛做了一個奇怪的夢。

在夢裡有另外一個他，不知為何對方知道他會出現在這裡。

「你是誰？」東湛嘗試釐清狀況。

「我就是你啊。應該說，我是你靈魂缺少的一部分，是你不曾知道過的自己。」

那個跟他擁有相同樣貌的男人說

「我不是很能理解……」

「呵呵，你不記得我也是理所當然的。你忘記了很多事情，自然也無從得知我的存在。」

對方靠了過來，伸出手輕柔地撫上他的臉頰，東湛並不討厭那人的碰觸。

「你覺得這裡如何呢？」男子說的是他們目前所處的空間。

「我不討厭這裡。」

東湛四處張望，這裡雖然有些狹窄但相當溫暖。

他不討厭這個奇異的地方，只是一進入這裡他就有些昏昏欲睡。

「既然如此，你就代替我永遠待在這裡吧。」

「你說什麼！」

東湛的睡意因為這句話被驅散了大半，他想追問時那個人又繼續說話了。

東湛從對方的語氣裡聽出了誘導的意味，但也只能被牽著鼻子走。

「你是不是有應該想起來的事情呢？」

「應該、想起來的事情，這麼說起來，我好像的確忘了一件事……」

「沒錯，那是什麼事情呢，快點想起來吧！」對方鼓勵的話語言猶在耳。

「那件事情就是……」

沒錯，他先前怎麼會想不起來呢，明明就是如此重要的事！

多虧了對方的提醒，他終於回想起一切。

原先他以為這不過只是個毫無邏輯的夢境，但就在他懷疑亡者是否會做夢的時候，卻發現自己再也醒不過來了。

等東湛回過神來，發現自己被關在一個狹小的空間。

前方只有一道小小的門，無論他如何用盡所能想到的方法，都無法打開。

他曾看過這道門。

不知道為什麼，他與囚禁在門裡面的那個傢伙調換了身分，他現在是門裡的人，而門裡的人變成了他。

更糟糕的是，東湛在這時想起了另一件他遺忘的事實。

他還沒有死。

他之所以來到陰間，可能是出於「某個人」的計謀。

——《陽奉陰違03》完

高寶書版集團
gobooks.com.tw

輕世代 FW368

陽奉陰違03

作　　者　雪　翼
繪　　者　火　螢
編　　輯　薛怡冠
校　　對　林雨欣
美術編輯　林鈞儀
排　　版　彭立瑋
企　　劃　李欣霓、黃子晏

發 行 人　朱凱蕾
出　　版　三日月書版股份有限公司
　　　　　Printed in Taiwan
地　　址　臺北市內湖區洲子街88號3樓
網　　址　www.gobooks.com.tw
電　　話　(02) 27992788
電　　郵　readers@gobooks.com.tw（讀者服務部）
　　　　　pr@gobooks.com.tw（公關諮詢部）
傳　　真　出版部　(02) 27990909　行銷部 (02) 27993088
郵政劃撥　50404557
戶　　名　三日月書版股份有限公司
發　　行　英屬維京群島商高寶國際有限公司台灣分公司
　　　　　Global Group Holdings, Ltd.
初版日期　2021年 10 月

國家圖書館出版品預行編目(CIP)資料

陽奉陰違/雪翼著.-- 初版. -- 臺北市：三日月書版股份有限公司出版：英屬維京群島高寶國際有限公司臺灣分公司發行, 2021.10-
面；　公分. --

ISBN 978-986-0774-26-9(第3冊：平裝)

863.57　　110003796

◎凡本著作任何圖片、文字及其他內容，未經本公司同意授權者，均不得擅自重製、仿製或以其他方法加以侵害，如一經查獲，必定追究到底，絕不寬貸。
◎版權所有　翻印必究◎

三日月書版

三日月書版

GOBOOKS
& SITAK
GROUP©

GOBOOKS
& SITAK
GROUP ©